A Collection of Reports on Targeted Poverty

ALLEVIATION IN CHINA

Electronics Technology Group Corporation

漫看田间是新颜

——《中国电科》报精准扶贫系列报道集锦

中国电子科技集团有限公司新闻中心 ◎编著

中国财经出版传媒集团

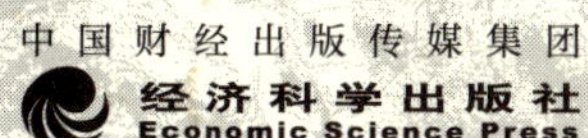

图书在版编目（CIP）数据

漫看田间是新颜：《中国电科》报精准扶贫系列报道集锦/中国电子科技集团有限公司新闻中心编著. —北京：经济科学出版社，2020. 12

ISBN 978 - 7 - 5218 - 2160 - 4

Ⅰ. ①漫…　Ⅱ. ①中…　Ⅲ. ①新闻报道 - 作品集 - 中国 - 当代　Ⅳ. ①I253. 3

中国版本图书馆 CIP 数据核字（2020）第 244750 号

责任编辑：杨　洋　赵　岩
责任校对：王苗苗
责任印制：李　鹏　范　艳

漫看田间是新颜
——《中国电科》报精准扶贫系列报道集锦
中国电子科技集团有限公司新闻中心　编著
经济科学出版社出版、发行　新华书店经销
社址：北京市海淀区阜成路甲 28 号　邮编：100142
总编部电话：010 - 88191217　发行部电话：010 - 88191540
网址：www. esp. com. cn
电子邮箱：esp@ esp. com. cn
天猫网店：经济科学出版社旗舰店
网址：http://jjkxcbs. tmall. com
北京季蜂印刷有限公司印装
710 × 1000　16 开　14. 75 印张　200000 字
2020 年 12 月第 1 版　2020 年 12 月第 1 次印刷
ISBN 978 - 7 - 5218 - 2160 - 4　定价：65. 00 元
（图书出现印装问题，本社负责调换。电话：010 - 88191510）

编委会

主　编： 任青锋

副主编： 杨晓艾　李晓辉

编委会成员： 陈清杰　尚素娟　王雪姣

何　爽　沈　旸　任皓岩

序

“善始善终，善作善成，不获全胜决不收兵。”①

全面建成小康社会，这是党对全国人民的庄严承诺；全力投身精准扶贫工作，用实际行动去践行，这是中国电信的责任与担当。

善始善终，行动诠释担当分量。

七年来，中国电子科技集团有限公司（以下简称“中国电科”）以“因地制宜、精准扶贫、造血为主、电科特色”为工作方针，承担了陕西绥德、四川叙永两个国家级贫困县的定点帮扶任务，支持着福建省龙岩革命老区转型发展；同时，全集团 27 家成员单位在全国 42 个乡村开展对口扶贫工作。通过产业扶贫、消费扶贫、科技扶贫、教育扶贫、医疗扶贫、抓党建促扶贫以及住房改造等多项帮扶措施，有效疏解了影响地方发展的致贫因素，为全面打赢脱贫攻坚战役注入智慧力量。

善作善成，数据折射担当成色。

多年来，中国电科多措并举，直接带动陕西绥德、四川叙永两县 2300 余人脱贫。在集团和地方的共同努力下，绥德县贫困发生率从 13% 下降到 0.55%，于 2019 年 5 月脱贫摘帽；叙永县贫困发生率从 15.9% 下降到 0.25%，于 2020 年 2 月脱贫摘帽，考核评价位列四川省第一。此外，龙岩

---

① 习近平对脱贫工作作出重要指示强调：善始善终 善作善成 不获全胜 决不收兵 李克强作出批示，载于《人民日报》2020 年 10 月 18 日 01 版。

革命老区转型发展取得了显著成效，帮扶的42个乡村全部实现脱贫。

站在全面建成小康社会的收官之年，为充分展现坚决打赢精准脱贫攻坚战的的壮阔历史，记录中国电科全力以赴履行政治责任和社会责任的家国情怀，集团公司新闻中心推出了系列专题报道，并以“电科扶贫·综述”“电科扶贫·故事”“电科扶贫·心声”“电科扶贫·图说”为框架精选结集成书，让扶贫故事更加清晰动人，让精神力量感召前行。

帮扶时光共见证，漫看田间是新颜。

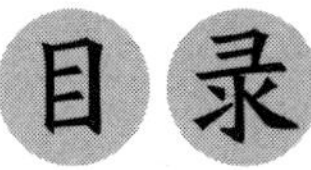

第 1 章　电科扶贫 · 综述

第 2 章　电科扶贫 · 故事

第3章　电科扶贫·心声

第 4 章　电科扶贫·图说

第1章

电科扶贫·综述

中国电科“亮”出定点帮扶工作成绩单*

李晓辉

在决胜全面建成小康社会、决战脱贫攻坚之年末，中国电科认真开展定点帮扶总结和自评工作并形成《中国电子科技集团有限公司2020年定点扶贫工作自评报告》，“亮”出了帮扶工作成绩单。

中国电科自承担定点帮扶任务以来，直接带动2300余人脱贫，见图1-1。

图1-1　中国电科定点帮扶工作成绩单

陕西省绥德县贫困发生率从13%下降到0.55%，已于2019年5月脱贫摘帽，见图1-2。

---

* 本书所有事例、数据均来源于《中国电科》报精准扶贫系列报道。

图 1－2　中国电科定点帮扶工作成绩单

四川省叙永县贫困发生率从 15.9% 下降到 0.25%，已于 2020 年 2 月脱贫摘帽，见图 1－3。

图 1－3　中国电科定点帮扶扶贫成绩单

在国务院扶贫办2019年扶贫工作考核中，中国电科扶贫成效被评价为“好”，见图1－4。

图1－4　中国电科定点帮扶工作成绩单

2020年末，中国电科人呈上了这份沉甸甸的成绩单。

成绩背后，是中国电科提高政治站位、坚定如期完成脱贫攻坚目标决心不动摇的不改初衷；是中国电科坚持从解决贫困地区和群众最急需、最迫切的实际问题着手，充分发挥电子信息技术优势，创新工作方式方法的坚定步伐；是高质量打赢脱贫攻坚战、全面建成小康社会的智慧与力量。

中国电科党组高度重视扶贫工作，始终将其作为重要政治责任和社会责任来抓，摆在企业工作的重要位置。为确保群众稳定脱贫，中国电科按照“因地制宜、精准扶贫、造血为主、电科特色”的工作方针，依托科技优势，认真分析定点帮扶县特点，因地制宜、精准施策，坚持“志智”双扶，探索出“综合党建＋特色产业＋志愿服务”的精准扶贫工作模式。

始终牢记习近平总书记关于“使党支部更好发挥战斗堡垒作用，成为带领农民群众脱贫致富的主心骨”和“脱贫攻坚越到最后越要加强和改善党的领导”的重要论述，中国电科坚持以打造贫困村党建阵地作为推进党支部标准化规范化建设的突破口，搭建党建综合扶贫平台，为党员活动、技术培训、农产品上网、乡村医疗、便民服务、老年餐桌等提供“硬件”条件；选优配强扶贫干部，先后选派12名优秀青年干部驻县、驻村，为脱贫攻坚提供了坚强的政治保证和组织保证，这些干部充分发挥自身管理和技术优势，主动为定点扶贫县经济发展和困难群众致富想办法、出主意，赢得了政府和群众的一致好评，同时经过扶贫一线的锻炼，多位干部获得当地优秀挂职干部荣誉，并在回到原单位后均得到不同程度的重用。

始终牢记习近平总书记关于“要因地制宜，把培育产业作为推动脱贫攻坚的根本出路”和“‘精准扶贫’要做到扶贫产业精准、扶贫方式精准、扶贫成效精准”的重要论述，中国电科秉承“授人以渔、长远脱贫”的理念，针对两个扶贫县的生态环境和贫困户致贫原因，重点打造“平台+散养”绿色肉牛养殖和杜仲订单式农业项目，培育持续造血能力，防止返贫致贫，推进扶贫产业发展壮大，形成绿色循环经济。2013年，叙永县刘安富的孙女被查出患有先天性癫痫病，多年的寻医问药使本不富裕的家庭背负了近30万元的巨大债务。在“肉牛养殖”项目的帮扶下，刘安富进入电科牛场工作，通过自己的辛勤劳动，每月工资3000元，稳定的工作和收入让老刘看到了希望，有了奔头。老刘的典型案例吸引了更多贫困群众返乡，通过辛勤劳动在家门口就能实现脱贫增收。截至2020年，“肉牛养殖”项目累计吸引93名贫困群众返乡，参与分散养殖的贫困户实现户均增收1.5万元，为村集体经济实现销售收入2152万元，利润177万元，在泸州市名列前茅；杜仲订单式农业项目为村集体获得282万元收入，有效带动当地323人平均增收2316元。

始终牢记习近平总书记关于“教育是切断贫困代际传递的根本之策”和“发展教育事业，广大教师责任重大，使命光荣”的重要论述，中国电科坚持扶贫先扶智的理念，积极开展教育扶贫工作，援建学校2所，并与当地教育部门开展中小学教师培训，累计培训教师4907名，有效解决了当地教师培训经费少、教师队伍素质参差不齐的问题；开展“大爱电科”志愿系列行动，号召广大干部职工参与“梦想1+1”助学帮扶行动，与两县共496户贫困家庭结对，捐助从小学到大学的学费（每年2000元）；利用假期，组织开展“科技筑梦，点亮未来——革命老区、对口扶贫地区青少年走进电科”夏令营活动多次，共邀请来自革命老区和贫困县的百余名优秀青少年走进电科，体验科技魅力，点燃科技梦想；捐建26个“大爱电科 科技小屋”，邀请集团首席科学家、专家现场授课，推动志愿服务常态化，累计举办互动式科普课堂400余场，覆盖3万余名学生。

坚持政治引领，统筹推进各项工作落到实处；巩固脱贫成效，因地制宜突出抓好产业扶贫。

2021年是“十四五”的开局之年，更是开启全面建设社会主义现代化国家新征程、向第二个百年奋斗目标进军的第一年。中国电科将强化政治担当、夯实政治责任，不忘初心、牢记使命，以巩固党和人民群众的血肉联系为己任，与定点帮扶县通力协作，全面推进乡村振兴，实现巩固拓展脱贫攻坚成果同乡村振兴有效衔接，坚决完成好党中央、国务院、国资委交给的任务，为全面建设社会主义现代化国家开好局、起好步贡献电科力量。

中国电科董事长、党组书记陈肇雄带队赴四川省叙永县调研定点扶贫工作

任青锋

2020 年 9 月 13 日，中国电科董事长、党组书记陈肇雄带队赴定点扶贫县四川叙永调研，详细了解帮扶项目情况，看望慰问挂职扶贫干部，听取地方对帮扶工作的意见建议，共同研究深化帮扶工作，巩固脱贫成果。泸州市委书记刘强，泸州市委副书记、市长杨林兴，泸州市人大常委会副主任、叙永县委书记陈景强，叙永县委副书记、县长唐杰分别陪同调研。

当天，陈肇雄一行深入叙永县白腊苗族乡高峰村党群服务中心、白腊苗族乡亮窗口村电科牛场，了解党建引领促进脱贫攻坚、产业发展形成巩固脱贫成果“造血”机制情况；走进贫困户家中，仔细察看了解他们的生活状况和脱贫情况。

在白腊苗族乡高峰村，陈肇雄一行实地察看了“支部共建、结对帮扶”机制落实情况，听取了村委会发挥“党建扶贫综合阵地”作用，为党员活动、技术培训、农产品上网、乡村医疗等提供“硬件”条件，帮助提升党建、民生服务和智慧农牧业的情况介绍，鼓励大家要用好信息技术手段提高本领。

在高峰村脱贫致富带头人赵雪红家里，陈肇雄走进牛棚认真查看养殖

情况，亲切询问饲养数量、年收入情况。赵雪红曾经因为一次突发的特大山洪，失去了亲人，也几乎丧失了对生活的信心。在中国电科家庭式母牛散养项目启动后，她主动报名参与，并按照散养要求，全身心地做好科学饲养。2019 年，赵雪红卖了 5 头半大牛犊，换来了近 5 万元的收入，家里还有 8 头牛在栏，价值近 20 万元。陈肇雄对赵雪红自立自强的精神表示赞赏，对其家庭的扶贫变化感到高兴，叮嘱她要发挥好致富带头人的作用，带动更多乡亲脱贫致富。

在白腊苗族乡亮窗口村脱贫户刘安富家院子里，陈肇雄一行与脱贫户代表、基层干部、扶贫干部等围坐在一起。刘安富因为孙女患上先天性疾病花完了家里为数不多的积蓄，还欠下不少债务。在中国电科的帮扶下，亮窗口村集体经济产业电科牛场办了起来，刘安富通过在牛场打工脱了贫，还成为电科肉牛示范户。他表示，算上牛场工作的工资还有自家养的牛，预计今年收入有 15 万元。刘安富起了头，大家你一言、我一语，争相表达对党的脱贫攻坚好政策和中国电科对口帮扶的感激之情。看到老乡们的笑脸，陈肇雄由衷地为脱了贫的老乡们感到高兴，也为中国电科为叙永县脱贫攻坚所做的工作感到欣慰。他说，老乡们在极其艰苦的条件下自力更生，依靠党委政府和中国电科的关心支持，脱贫走上致富道路，让大家看到了实现小康的希望。

在随后召开的扶贫工作座谈会上，泸州市委书记刘强向中国电科对泸州市、叙永县脱贫攻坚的关心和支持表示感谢，对中国电科深深的为民情怀、优良的工作作风、科学的工作方法表示赞赏，表示将确保脱贫群众持续稳定增收，巩固脱贫攻坚成果。

陈肇雄对叙永县顺利实现脱贫摘帽表示祝贺。他表示，泸州市、叙永县两级党委政府开展脱贫攻坚工作决心大、思路清、措施实、成效好，中国电科挂职扶贫干部勇于担当，创新履职，为叙永扶贫脱贫工作付出了辛勤的汗水，作出了积极的贡献。中国电科和泸州市、叙永县两级党委政府合作开展脱贫攻坚工作卓有成效。

陈肇雄强调，现在距离2020年脱贫攻坚决战决胜还有不到四个月，时间紧、任务重。下一步，中国电科将坚决贯彻习近平总书记重要指示精神，全面落实党中央、国务院部署要求，进一步加强组织领导，强化责任担当，密切沟通对接，支持叙永县高质量巩固提升脱贫攻坚成果。重点做到“四个突出”，突出已有合作基础，进一步扩大肉牛养殖等特色产业规模，努力实现可持续发展；突出电科技术产业优势，探索推动新兴产业在叙永布局发展；突出地方特色资源，搭建桥梁，推动相关中央企业加强发展合作；突出就业培训合作，联合开展职业和技能培训，帮扶更多贫困家庭成员就业脱贫。

时光见证！中国电科定点帮扶工作成效显著

杨晓艾

2020年，是我国全面建成小康社会，实现“两个一百年”奋斗目标的收官之年。一直以来，中国电科党组高度重视扶贫工作，始终将其作为集团公司重要的政治责任和社会责任来抓，确定了“因地制宜、精准扶贫、造血为主、电科特色”的工作方针，先后选派多名优秀挂职干部，通过实施多项切实可行的举措，有效疏解了影响地方发展的致贫因素，为叙永、绥德两地全面打赢脱贫攻坚战注入电科力量。

7年来，中国电子科技集团有限公司（以下简称“中国电科”）通过产业扶贫、消费扶贫、科技扶贫、教育扶贫、医疗扶贫、抓党建促扶贫以及住房改造等多项帮扶措施，为两县带来直接经济效益1700余万元，直接带动两县2300余人脱贫。在集团和地方的共同努力下，绥德县贫困发生率从13%下降到0.55%，于2019年5月脱贫摘帽；叙永县贫困发生率从15.9%下降到0.25%，于2020年2月脱贫摘帽，考核评价位列全省第一。在国务院扶贫办2019年扶贫工作考核中，中国电科扶贫成效被评价为“好”（一等）！

2020年9月13日，中国电科董事长、党组书记陈肇雄带队赴定点扶贫县四川叙永调研，详细了解帮扶项目情况，看望慰问挂职干部，听取地方对帮扶工作的意见建议，共同研究深化帮扶工作，巩固脱贫成果（见图1－5）。

图1－5　中国电科董事长、党组书记陈肇雄带队赴定点扶贫县四川叙永调研

★

叙永县历年帮扶成效

根据国务院扶贫办和国资委的安排部署，中国电科2013年开始定点扶贫叙永县。截至2020年，中国电科在叙永县共计投入各类帮扶资金7100余万元，围绕集体经济产业发展、基础设施建设及改善、“同舟工程—应急难”、基层党建阵地建设、特色志愿服务、教育设施改善、干部教师培训、消费扶贫等全方位开展帮扶工作。其中集团公司直接投入项目帮扶资金4291万元；团委开展“大爱电科梦想1＋1”活动累计资助金额331万元；组织全集团在叙永县消费扶贫2000余万元。

2013年

2013年起，中国电科正式帮扶四川省叙永地区（叙永地区山区风景见图1－6）。

图1－6　四川省叙永县山区风景

2014年

2014年，中国电科出资70万元并会同县委县政府共同筹集120万元修建了环石梁大桥（见图1－7），彻底解决了困扰周边7个社600余户、2000余名群众多年的出行安全问题。

图1－7　中国电科出资修建的环石梁大桥

2014年12月，中国电科落实帮扶资金160万元，率先在白腊苗族乡亮窗口村和高峰村实施肉牛养殖产业扶贫项目，经过8个月的建设，占地面积667平方米的生态肉牛养殖场在亮窗口村建成（见图1－8）。

图 1－8　亮窗口村生态肉牛养殖场

2014 年起，集团团委发出号召，在叙永县开展“大爱电科梦想 1＋1”志愿活动，以个人或集体的名义资助叙永县建档立卡贫困学生每人每年 2000 元（见图 1－9），直至高中毕业，而后根据双方意愿可继续资助。

图 1－9　叙永县江门镇小学校“中国电科·科技小屋”落成揭牌仪式

2015 年

自 2015 年开始，经过集团挂职干部实地调研考察，集团公司党组科学谋划，精心组织，基于叙永南面山区的养牛传统，秉承因地制宜的帮扶策略，陆续投入1200余万元在叙永县白腊苗族乡、江门镇建设了3个肉牛集中养殖场（见图1－10），填补了3个村集体经济的空白，带动惠及3个村总计8000人产业发展。

图1－10　肉牛集中养殖场

2015年8月17日，叙永县白腊苗族乡天堂村和高峰村遭遇特大山洪地质灾害。中国电科党组第一时间响应，饱含着对帮扶地区群众的真情实意，迅速拨付78万元用于灾区抢险救灾及灾后重建（见图1－11）。

图1－11　帮扶地区群众感谢中国电科的援手

2016 年

从 2016 年起中国电科在叙永县开展“同舟工程—应急难”，为叙永县因灾、因病造成家庭困难的群众进行救助，至今累计投入 460.5 余万元，救助了 320 名困难群众（见图 1－12）。

图 1－12　中国电科在叙永县开展的救助活动

2017 年

2017 年，中国电科在高峰村投入 50 万元，发展了 21 户建档立卡贫困户开展家庭式能繁母牛散养项目。

2015 年“8.17”暴雨洪灾冲走了建档立卡贫困户赵雪红的全部亲人，曾一度绝望对生活丧失信心的她于 2017 年也参与了散养项目。2019 年赵雪红卖了家里 5 头半大牛犊，直接增收近 5 万元，目前散养在栏 15 头母牛。

截至2020年，中国电科已在白蜡苗族乡发展95户散养户（见图1-13），在栏300余头母牛。

图1-13　叙永县白蜡苗族乡村散养户 赵春红

2018年

2018年10月，第一批冷鲜牛肉系列产品走出乌蒙山片区，进入中国电科单位食堂和广大干部职工的餐桌（见图1-14）。

2018年12月，挂职干部力鑫与四川张飞牛肉建立联系，协商共同开发张飞牛肉系列休闲食品，实现了农畜业的产品化。

图1-14　第一批冷鲜牛肉系列产品进入电科单位食堂和广大干部职工的餐桌

2018 年 10 月，在挂职干部的指导下，亮窗口村通过流转贫困户土地和定向种植、定向收购的方式流转了 60 余亩土地种植牧草和全株玉米（见图 1－15），不仅解决了牛场草料问题，还实现了黄富太、杜安军、秦继兵等 42 户贫困户增收，户均增收 1700～14000 元。

图 1－15　在挂职干部的指导下，亮窗口村通过流转贫困户土地和定向种植、定向收购的方式流转的全株玉米地

2019 年

2019 年 9 月 27 日，中国电科时任党组书记、董事长熊群力率队赴四川叙永县调研指导脱贫攻坚工作，先后前往叙永县贫困程度最深的高峰村、亮窗口村，与当地贫困户开展座谈，并出席亮窗口村电科牛场青贮玉米收购款集中发放活动以及县融媒体中心平台建成投用暨“看叙永”移动客户端上线启动仪式，进一步深化推动集团公司在叙永精准扶贫工作的重要举措（见图 1－16）。

图1－16　中国电科时任党组书记、董事长熊群力率队赴四川叙永县调研指导脱贫攻坚工作

2019年11月14日，中国工程院院士、中国电科党组副书记、总经理吴曼青亲自莅临叙永县江门镇中心学校，参加“大爱电科科技小屋”的落成仪式（见图1－17），吴曼青寄语全体学生“快乐学习、快乐生活、健康成长”，并用预警机精神鼓励在场贫困学生发愤图强、科技报国。

图1－17　中国工程院院士、中国电科党组副书记、总经理吴曼青参加“大爱电科科技小屋”的落成仪式

2020 年

2020 年 2 月 18 日，四川省人民政府发布了《关于批准叙永县等 31 个县（市）退出贫困县的通知》，标志着叙永县以名列前茅的成绩高质量脱贫摘帽（见图 1 - 18 为叙永县新街景）。

图 1 - 18　四川省叙永县街景

2020 年 9 月 13 日，中国电科董事长、党组书记陈肇雄带队赴定点扶贫县四川叙永调研，在白腊苗族乡亮窗口村脱贫户刘安富家院子，陈肇雄与脱贫户代表、基层干部、扶贫干部等围坐在一起（见图 1 - 19）。

图 1 - 19　中国电科董事长、党组书记陈肇雄带队赴定点扶贫县四川叙永调研

★

绥德县历年帮扶成效

2013 年 11 月起，中国电科正式帮扶陕西省绥德地区，截至 2020 年，累计向绥德地区投入帮扶资金共计 2620 万元，从基础设施建设、产业帮扶推动、党建引领发展、群团助力攻坚、科教人文关怀五个方面助力绥德全面完成脱贫攻坚任务。

2013 年

2013 年 11 月起，中国电科正式帮扶绥德地区，绥德地区风貌见图 1－20。

图 1－20 中国电科帮扶对象绥德地区风貌

2014 年

2014 年，中国电科援助 300 余万元，在中角镇至义合镇 34 公里道路沿线修建 790 余盏太阳能路灯（见图 1－21）。

图 1－21　中国电科援助绥德安装太阳能路灯

后续又陆续投入资金，在绥德实施照明工程 100 余公里安装太阳能路灯 2000 多盏，解决 40 多个贫困村连线道路、3.5 万人夜间出行“最后一公里”的问题。

2015 年

2015 年，中国电科援助 250 万元，在田庄镇修建智慧型敬老院（见图 1－22）。

图 1－22　中国电科援助在田庄镇修建智慧型敬老院

2016 年

2016 年，中国电科援助 270 万元，在绥德县部分贫困村修建 1000 余盏 LED 照明路灯（见图 1－23）。

图 1－23　中国电科援助在绥德县部分贫困村修建 LED 照明路灯

2017 年

2017 年，中国电科援助 200 万元，用于高家沟村、前湾村村级两委阵地建设。后续又援助 50 万元专项经费，为前湾村和高家沟村党员活动室、便民服务室提供配套设施。

在村级两委的组织下开展丰富多彩的党员活动，把全体党员和村民的思想统一到中央的各项决策部署上，坚定了他们跟党走，致富奔小康的信心和决心。

2017 年，中国电科决定援助 100 万元，在四十里铺高家沟村援建 80 座蔬菜大棚（见图 1－24）。

借助设施农业助力该村形成规模化、品牌化的反季节蔬菜种植，依照“党支部＋合作社＋贫困户”的扶贫模式，拉动全村 51 户贫困户加入合作社经营大棚种植，该项目实施后贫困户预计每年增收3万~5万元。

图1－24 中国电科在四十里铺高家沟村援建蔬菜大棚

2017年，中国电科援助210万元，在石家湾镇前湾村建设分布式光伏发电项目（见图1－25）。

图1－25 中国电科援助在石家湾镇前湾村建设分布式光伏发电项目

设计装机容量250千瓦，实际装机容量223千瓦。年平均发电量为468000千瓦/小时，年利用小时数为1277小时，项目一期安装80千瓦太阳能光伏发电设备，二期安装143千瓦太阳能光伏发电设备，项目建成后总计每年增收25.6万元，确保每户年均收益不低于3000元，保障村集体有20年的持续收益。

2017 年，中国电科团委积极谋划，通过实施“梦想 1 + 1”的帮扶项目，让贫困家庭的孩子重新拾起梦想（见图 1 – 26）。

图 1 – 26　中国电科通过帮扶建档立卡在册贫困户学生，让贫困家庭的孩子重新拾起梦想

中国电科捐款 40 余万元，针对 203 名建档立卡贫困户、贫困家庭孩子，每人每年帮扶 2000 元，2018 年继续帮扶 100 名建档立卡在册贫困户学生。

2017 年，中国电科援助 10 万元在绥德一中建设“科技小屋”（见图 1 – 27）。捐赠 10 万元为田庄镇马家坪小学配套教学及生活设备。

图 1 – 27　中国电科援助在绥德一中建设“科技小屋”

2018 年

2018 年，中国电科开始实施“大爱电科·魅力绥德”消费扶贫示范引领，广泛动员职工参与购买绥德县农副产品（见图 1－28）。

图 1－28　中国电科广泛动员职工参与购买绥德县农副产品

截至 2020 年，已累计销售沙地红薯 32608 斤、山地苹果 100950 斤、山地核桃 11732 斤，直接带动农民专业合作社 2260 户，6800 贫困人口增加收益。

“大爱电科·魅力绥德”消费扶贫项目（见图 1－29），每消费一件农

图 1－29　“大爱电科·魅力绥德”消费扶贫工程

民合作社农副产品，按照1%比例计提收益注入中国电科“十分关爱”工程，该部分公益资金将针对因病、因残等致贫的贫困家庭给予一次性现金补贴，针对品学兼优的贫困学生给予一次性的学杂费补贴。

2018年，中国电科为四十里铺镇中心小学援建“科技小屋+”揭牌（见图1-30）。该项目由中国电科团委出资，在原有“科技小屋”建设的基础上，注重解放小学生天性，培养乡镇小学生思维发散、主观动手等实践能力，创新性的增加科普类课程培训等设计。

图1-30 中国电科为四十里铺镇中心小学援建“科技小屋+”揭牌

2019年

2019年，中国电科结合陕西省绥德县大陆性半干旱气候的特点，开展杜仲订单式农业项目，通过与西北农林科技大学杜仲研究所深度合作，指导种植杜仲树苗及叶林共计1000亩（见图1-31），并由其包销全部杜仲干叶，协助销售杜仲树苗，形成了订单式农业发展机制。

图 1－31　中国电科通过与西北农林科技大学杜仲研究所合作指导种植杜仲树苗及叶林

绥德县种植杜仲树苗及叶林覆盖面积达 1000 亩（杜仲树苗见图 1－32），2019 年全年，出售杜仲树苗为绥德县高家沟村集体获得 150 万元收入，有效带动当地 332 人平均增收 1297 元，项目骨干贫困户收入 13906 元。

图 1－32　绥德县种植的杜仲树苗

2019 年，中国电科在绥德建立了“产学研实验室”，邀请专家驻村指导农民并开展科研活动。同时，打造杜仲用微波热风组合烘干厂房流水生产线，对村民进行实操培训。

“产学研实验室”利用信息化技术优势，为村里量身定制一键式烘干设备（见图1－33），在烘干杜仲树叶的同时最大程度保留杜仲树叶中的有效成分，保证了产品质量和销售收益。

图1－33　微波热风组合烘干设备厂房

2019年，中国电科为绥德智慧农业项目20个大棚配备水肥一体化、气象监测等现代化农业信息系统（见图1－34），推动村集体实现“引导种植—科学种植—智慧种植”的现代智慧农业转型。

图1－34　中国电科为绥德智慧农业项目配备水肥一体化、气象监测等现代化农业信息系统

2019 年，中国电科在绥德县开展“科技之春”科普实践活动，邀请榆林学院走入四十里铺镇中心小学“科技小屋”开展系列活动（见图 1－35）。

图 1－35　中国电科邀请榆林学院走入四十里铺镇中心小学“科技小屋”开展系列活动

2019 年，中国电科党组成员、副总经理杨军参加在绥德中学举办的中国电科梦想“1＋1”捐赠仪式（见图 1－36）。

图 1－36　中国电科党组成员、副总经理杨军参加在绥德中学举办的中国电科梦想“1＋1”捐赠仪式

2019 年，中国电科举办“‘心连心，手拉手，科技筑梦，点亮未来’2019 年革命老区、对口扶贫地区青少年走进电科”主题活动（见图 1－37），来自福建长汀、四川叙永和陕西绥德的 44 名优秀青少年、8 名带队老师齐聚成都，完成了一次奇妙的研学之旅。

图 1－37　中国电科举办的“‘心连心，手拉手，科技筑梦，点亮未来’2019 年革命老区、对口扶贫地区青少年走进电科”主题活动

2020 年

2020 年初，四十里铺镇高家沟村召开科技扶贫项目杜仲分红大会（见图 1－38），项目整体分红方案包括 142 户 374 人，金额 50 万元。现场积极参与项目有 48 户 75 人，分红 38.5 余万元。

2020 年，春回大地正适农时，中国电科组织绥德县四十里铺镇高家沟村村民在杜仲药材项目区复工复产（见图 1－39）。

图1－38　2020年初，四十里铺镇高家沟村召开科技扶贫项目杜仲分红大会

图1－39　2020年中国电科组织绥德县四十里铺镇高家沟村村民在杜仲药材项目区复工复产

村民们精神饱满、干劲十足，全面开展补种、栽植、平茬、覆水、施肥等工作，确保疫情防控和扶贫产业复工复产两不误。

综合党建+特色产业+志愿服务，精准扶贫的“电科样本”

李晓辉

“万人操弓，共射一招，招无不中。”中国电子科技集团有限公司精准扶贫的“招”，就是全集团上下一起“操弓”，明确“因地制宜、精准扶贫、造血为主、电科特色”的工作思路，立足精准，做到对象清、措施清、效果清的工作要求，“扶志”与“扶智”并举，探索出“综合党建+特色产业+志愿服务”的精准扶贫工作模式，成为可复制、可推广的生动案例。

按照国务院扶贫办和国资委的统一部署，中国电科自2013年起，正式承担陕西绥德、四川叙永两个国家级贫困县的定点帮扶任务，并根据中央军委的指示精神，自2014年起，启动支持龙岩革命老区转型发展工作。同时，中国电科27家成员单位承接了地方扶贫任务，在全国42个乡村开展对口扶贫工作。截至2020年，中国电科已累计投入7600余万元，员工捐赠400余万元，实施各类精准扶贫项目30余项，并选派9名优秀青年干部驻县、驻村，在中国电科和地方的共同努力下，绥德县贫困发生率从13%下降到0.55%，于2019年5月脱贫摘帽；叙永县贫困发生率从15.9%下降到0.25%，于2020年2月脱贫摘帽，考核评价全省第一。在国务院扶贫办2019年扶贫工作考核中，中国电科扶贫成效被评价为“好”（一等）！

样本经验一：“把选派扶贫干部作为培养锻炼好干部的机制，在取得扶贫实效的同时培养出一批年轻优秀的干部”

八月底的乌蒙山深处，酷暑难当，风细如丝。

36岁的力鑫在烈日肆意发威的午后，真切感受到三伏天那最后的威风。

力鑫被中国电科选派到定点扶贫县——四川省叙永县，任挂职副县长。

叙永县，位于四川盆地南缘、乌蒙山北麓，是国家扶贫开发重点县、乌蒙山集中连片特困地区县，贫困面大、程度深、原因复杂，是我国脱贫攻坚难啃的“硬骨头”。

而让力鑫没有想到的是，刚到叙永，最先打交道的不是人，而是牛。

“中央企业搞养牛，真是高射炮打蚊子。”初次进牛场，他是捂着鼻子进去的，待了不到10分钟就想往外跑。味道很“酸爽”、很“生态”，更可怕的是黑乎乎小指头大小的“牛蚊子”，在身上一叮就是一大片红肿，奇痒难耐。

可现如今，他可以和你唠一天一夜的“牛经”。这些都是他长期钻山沟、进牛圈、跑企业，双手合十、点头哈腰求教来的。

力鑫的“牛经”还真让乌蒙山“牛”起来了！他指导叙永县高家村注册了“乌蒙好牛”品牌，开发了冷鲜肉系列产品，又积极联系四川省阆中市张飞牛肉，开始探索合作开发深加工产品，建立了从购牛—养殖—加工—销售的全产业链模式，产业实现了产品化，每头牛的利润提高到了7000元。2019年，高家村集体牛场实现了680万元的销售收入，全年实现利润70万元，位列全县248个村社集体经济第1名。如今高家村还和亮窗口村、高峰村牛场建立了委托销售合作，以点带面的效果明显，真正践行了中国电科“因地制宜、造血为主”的扶贫方针。

像力鑫这样的赴定点扶贫县、村挂职的青年干部，中国电科先后选派了9名，同时创新建立了“青年接力棒”机制，组织各单位选派志愿者轮流赴重点贫困村3个月扶贫实践，协助挂职干部推进扶贫项目。

时刻心系百姓的驻村干部，才能真正地“驻”进百姓心里。中国电科相关负责人告诉记者，选派这些挂职干部，政治坚定、能力过硬、作风优良是考察和选拔的第一要义，他们在工作中是“带着感情、带着责任”开展扶贫的，是以农村基层党组织建设为抓手，按照党建工作融入脱贫攻坚工作模式，以中国电科产业帮扶项目运营提升为重点，按照脱贫攻坚巩固提升与集体经济发展转变的工作要求，推动精准扶贫，并根据驻村实践，选取农村基层党建、集体经济发展、精准扶贫收益带动、扶贫扶志扶智等主题，协助开展具有中国电科特色的为民服务活动，形成专题思考建议，争取成系列、成品牌。

样本经验二：“志智”要双扶

2017年3月，距离叙永县江门镇高家村易地扶贫搬迁集中安置点1.5公里的科窖牛场一期建成运营。46岁的贫困户何化奎经过培训后入场务工。

何化奎是家中的主要劳动力，但没有一技之长，育有未成年子女3人，是典型的“2+3”家庭结构。

扶贫先扶志，扶贫先扶智。

定点帮扶工作开展以来，中国电科协助地方政府先后在叙永县江门镇、黄坭镇建设镇级便民服务中心、村级党群服务中心和村级活动阵地，搭建服务群众、联系群众的桥梁。随着窗明几净、设备齐全、标准规范的村级活动阵地的建成，几个村也有了各级党委、政府兴农富民政策的宣传点和业务受理点，群众不出村就能享受到党的政策。党建阵地建成后，叙永县农业局等相关农业技术部门多次为村里贫困户提供养殖种植等培训，贫困户也可在此获得更多的养殖种植信息，为贫困户脱贫提供有力保障。

“牛场建成后，我就想，党和政府帮助我们建起了牛场，肯定需要帮手干活，而且牛场离搬迁后的集中安置点也近，既能学到技术、实现稳定收入，还能在家门口照顾娃娃，是个好营生。”何化奎告诉记者，在扶贫中心培训以后，他已掌握肉牛养殖的基本方法和要求，进入牛场担任饲养员，可以获得工资性收入 3000 元/月。

据不完全统计，中国电科以贫困村党建阵地建设为核心，搭建综合扶贫中心，在叙永、绥德建设 4 个“党建扶贫综合阵地”，为党员活动、技术培训、农产品上网、乡村医疗、便民服务、老年餐桌等提供“硬件”条件，共帮助叙永、绥德两县培训基层干部和技术人员累计达 1 万余人次，组织叙永县 90 个贫困村的驻村第一书记、致富带头人共计 130 人开展了“1 +1 + X”电商助力精准扶贫专项培训。

样本经验三：因地制宜、创建产业，着力打造长效脱贫造血模式

5 年前的一场山洪，席卷了叙永县白腊苗族乡高峰村，半个村庄毁于一旦。

30 岁的赵雪红哭了。洪水带走了她的丈夫和公婆，只有她和两个年幼的孩子逃了出来。村里给她解决了一个公益性卫生岗位和低保，但每月几百元的收入依然不足以维持整个家庭的生计。

也正是在那时，中国电科党组派干部赶到村里，配合地方抗洪救灾，协助村民恢复生产生活，并结合高峰村的实际情况，启动能繁母牛养殖帮

扶，赵雪红顺利参与到养殖项目中。

4头母牛进栏后，赵雪红的生活变得忙碌充实起来——天没亮，赵雪红就起床割牛草、打粮食，先把牛儿喂饱，接着为两个孩子做早饭，白天沿着公路维护卫生环境，照顾地里的庄稼，黄昏把牛儿喂饱，再照顾小孩。

2018年底，辛勤付出得到了回报，4头西门塔尔母牛都顺利地产下了牛犊，这些新生命的到来为这个饱受磨难的家庭注入了新生的希望。半年后，赵雪红陆续将这些牛犊出售，共赚得4.5万元，赵雪红用这些钱又购买了3头母牛，扩大了规模。

在高峰村，像赵雪红这样的贫困户，中国电科共帮扶了60余户，打造了“集体经济平台+农户家庭散养”的专业化绿色养殖模式，从选牛、购牛、养牛到销售，中国电科挂职干部和驻村干部都会到户指导和规划，提供全流程帮扶，还特别成立了“养殖技术服务专家组”，为集体经济和农户提供专业养殖技术、疫病防治等服务。

这一模式从根本上增强了贫困户劳动致富、自强脱贫的信念，帮助他们找出一条因地制宜、行之有效的发展路径，真正实现脱贫致富的帮扶目标。2019年，参与分散养殖的贫困户实现户均增收1.5万元，高家村集体经济实现700万元以上的销售收入，全年实现利润70万元，位列叙永县第一名。

“授人以鱼不如授人以渔。”中国电科通过打造长期可持续的特色产业，吸引力劳动力回乡就业、脱贫致富、长远脱贫。

地处黄土高坡的陕西省绥德县，地贫缺水，2018年刚到绥德县的挂职干部张凯看到苍茫荒芜的土地，心里不禁泛起丝丝凄凉。

张凯说，“我们这些挂职干部刚来的时候一头雾水，绞尽脑汁探寻帮扶项目。我觉得科技是可以助推产业发展的，农村现在留守老人比较多，青年劳动力都外出打工了，所以如何提高劳动生产率，如何帮助特色农副产品提质增效，这个必须借助科技的力量。”通过不断深入调研和交流对接，最终打动了西北农林科技大学杜仲研究所，双方达成深度合作，帮助高家沟村开展订单式农业种植项目。

“这里面不光有我们中国电科的‘硬’科技，更多的还有农林院校的‘软’科技。研究所指导种植杜仲树苗及叶林共计 1000 亩，包销全部杜仲干叶和树苗。”张凯对这一项目的成功实施感到非常欣慰。

除了引入实实在在的项目，中国电科的扶贫挂职干部还在村里建立了“产学研实验室”，邀请专家驻村指导农民并开展科研活动。“产学研实验室”利用信息化技术优势，为村里量身定制一键式烘干设备，在烘干杜仲树叶的同时最大程度保留杜仲树叶中的有效成分，保证了产品质量和销售收益。

订单式农业种植项目的实施，为高家沟村带来了不小的实际收益。“2019 年，绥德县气候大旱，出售杜仲树苗仍为高家沟村集体获得 150 万元收入，全县排名第一，这可是全县扶贫项目第一次获得现金收益!”四十里铺镇政府党委副书记（兼纪委书记）王云脸上泛着微笑地说。

皇天不负有心人。经过近 2 年的发展，通过开展订单式农业种植项目、搭建智慧农业大棚和信息系统平台等一系列扶贫项目，如今，黄土高坡换新颜，绥德县种植杜仲树苗及叶林覆盖面积达 1000 亩，2019 年全年，出售杜仲树苗为绥德县高家沟村集体获得 150 万元收入，有效带动当地 332 人平均增收 1297 元，项目骨干贫困户收入 13906 元，一片生机勃勃的景象在黄土高坡展开。

值得一提的是，按照“扶智、扶志、扶产业”“三扶”的工作思路，中国电科还充分发挥电科技术优势，开展了多项特色帮扶，其中包括实施智慧农业项目。

中国电科扶贫干部与当地政府工作人员、村民同心协力削峰填谷，建设了百余个果蔬大棚，首期为20个大棚配备水肥一体化、气象监测等现代化农业信息系统，推动村集体实现“引导种植—科学种植—智慧种植”的现代智慧农业转型。

据绥德县政府工作人员介绍，智慧大棚与别的大棚主要的区别在于它的智能化设计，中国电科打造了水肥一体化设备，通过水肥一体化，可以实时监测土壤墒情，包括检测微量元素的缺失情况，并进行及时的补给。

样本经验四：“志愿扶贫”让乡村更有温度

“收到你们的来信和亲手制作的电动模型，很高兴，你们要像海绵吸水一样学习知识，既勤学书本知识，又多学课外知识，勤于思考，多想多问，不断培养自己的创造精神”，2019 年 12 月 9 日，来自中国工程院院士、中国电科首席科学家陆军的一封回信令绥德县四十里铺镇中心小学全体师生激动不已。

2019 年 3 月，陆军来到绥德县四十里铺镇中心小学的“科技小屋”，为孩子们上了一堂别开生面的科学课，向同学们介绍人类航天的发展历程、航天科技领域取得的成就和我国未来科技创新发展的方向。

一年前，中国电科在四十里铺镇中心小学打造科技小屋，让陕北乡村孩子们的科学课不再成为想象课，让他们从小树立“知识改变命运，科技创造未来”的思想意识。像这样的科技小屋，中国电科共捐建了 18 个。

微微事、大温暖，科技筑梦，点亮未来。

2018 年暑假，陕北老区近 100 名优秀儿童少年代表受中国电科邀请，走进首都北京，走进中国电科，进行为期一周的夏令营活动。“放飞梦想”，是这期夏令营活动最亮丽的一抹色彩。

2019 年暑假，又有来自革命老区福建长汀、对口扶贫地区四川叙永和陕西绥德的44名优秀青少年、8名带队老师齐聚成都，完成了一次奇妙的研学之旅。

孩子们参观了天安门、故宫、中国国家博物馆、卢沟桥抗日战争纪念馆、科技馆……一系列文化科技圣地，带领孩子们感受了中国灿烂的历史文化；在都江堰、在大熊猫保护研究中心、在科技馆，孩子们过夫妻桥、观鱼嘴、登秦堰楼、游二王庙，一睹憨态可掬的“国宝”真容，认识了九节狼、黑熊等国家保护动物，体验了航天互动游戏，了解生命的起源与演进……

叙永县白腊苗族乡苺田学校的李燕树同学说，外面世界真的很大，原以为自己非常棒了，和外面相比，完全不值一提，所以要走出大山，加倍努力学习，不断地进取，争取让自己更优秀；长汀四中的张乐媛同学说，这次夏令营珍藏在记忆的长河里闪闪发光，永不褪色。

中国电科投身脱贫攻坚事业，支持革命老区发展，是光荣的使命，义不容辞的政治任务，更是责任驱动的行动自觉。在未来，中国电科将持续用发展成果回馈社会，致力于社会公益事业，积极助推革命老区和对口扶贫地区的经济社会发展，为共同建设好全面小康社会而努力。

中国电科：向脱贫攻坚吹响决战决胜的冲锋号角

郭　睿　杨晓艾

2020年是脱贫攻坚决战决胜之年。为坚决夺取脱贫攻坚战全面胜利、确保全面建成小康社会贡献电科力量，中国电科竭尽全力，努力探索解决农村农民脱贫致富不返贫的路径方法。

中国电科党组高度重视精准扶贫工作开展情况，组织召开党组会学习传达上级机关会议精神，研究贯彻落实中央会议精神和习近平总书记要求，审议集团公司2020年扶贫工作计划。

2020年3月初，中国电科同国务院扶贫办签订了2020年度中央单位定点扶贫责任书，承诺2020年对定点扶贫县投入帮扶资金2000万元，较上年签订指标增长45%。同时，2020年还将引进帮扶资金10万元；培训基层干部500名，培训技术人员1300名；购买贫困地区农产品550万元，帮助销售贫困地区农产品20万元，在确保指标任务完成的同时，争取超额完成。

近年来，中国电科因地制宜先后在叙永县、绥德县策划实施了“肉牛养殖”“杜仲订单式林业科技”等一系列精准扶贫项目，经过多年艰苦努力探索出了以农业解决农村农民问题的长效发展模式，并取得实效。

2020 年，中国电科进一步在精准上下功夫，从产业扶贫、教育扶贫、电科特色扶贫、智力扶贫、基础设施、医疗救助、党建扶贫、消费扶贫八个方面加大投入，巩固深化定点扶贫县造血模式，更加集中突出电科特色，提高村集体运作管理能力，促进扶贫项目向市场化提升转化，着力打造不返贫长效脱贫机制。

产业扶贫

在集团党组的正确领导下，中国电科在叙永县帮扶的村集体经济肉牛养殖项目已初具产业形态，形成了“平台＋散养”的绿色循环经济和全产业链模式，村集体经济取得了很好收益，村民实现增收，带动成效明显。2020 年中国电科继续帮助叙永县编制肉牛养殖产业规划，探索与龙头养殖加工企业合作，为叙永县未来产业发展奠定基础；提高村集体经济肉牛养殖项目市场化能力，打造肉牛养殖长效发展机制；结合乡镇需求，帮扶白腊乡高峰村、亮窗口村、天堂村 40 户贫困户开展分散养殖；帮助散养典型赵雪红扩大养殖规模，打造好电科帮扶脱贫致富带头人典型。

2020 年，中国电科在绥德县继续与西北农业科技大学开展杜仲订单农业战略合作项目，投入帮扶资金，依托西北农业科技大学杜仲研究所专家团队、国家节水灌溉中心等，围绕 1000 亩杜仲叶林栽培，强化专家驻村培训、技术支持、远程指导等工作，加强扶贫干部对村劳动力的组织和林木的管理。

教育扶贫

中国电科投入专项帮扶资金，为叙永县江门镇中心小学建设塑胶材质运动场；组织贫困县、革命老区的孩子们参加“走进电科”夏令营活动；建设“电科讲堂”，邀请院士专家授课，放飞学生的科技梦想。

电科特色扶贫

中国电科发挥自身技术优势，由58所负责在叙永县江门镇土地双挂钩安置点、黄坭镇4个村党群服务中心、小学校、敬老院、集中安置点援建300盏太阳能路灯；在绥德县贫困村出行道路沿线援建约660盏太阳能路灯，解决周边群众夜间出行难问题，彰显电科品质和品牌形象。

利用中国电科智慧农业技术优势，由27所负责实施水肥一体化项目，解决叙永县芦稿村200亩猕猴桃基地的灌溉问题。同时，做好绥德高家沟大棚农业自动化设施的使用、培训和维护。

利用中国电科可穿戴医疗技术，由电科天奥负责实施“北斗心合·心电仪”项目。初步规划覆盖县域范围内符合条件的17个镇卫生院和265个村卫生室，心血管类疾病风险人群（重点为贫困户）通过佩戴“北斗心合·心电仪”，完成身体心电指标实时监测和动态心电检查，提前寻医问诊，提高绥德县慢病早期筛查及预防管理工作水平。

利用电科水处理技术，由中国电科36所嘉科新能源公司负责，在绥德县高家沟村建设智能深井水直饮系统，解决水资源匮乏问题，保证农村饮用水安全。

智力扶贫

中国电科投入专项资金，在叙永县开展扶贫干部、中小学教师培训。通过开展系列“请进来”“走出去”活动，提升贫困地区干部队伍在产业发展、乡村振兴、社会治理等方面的管理能力，以及中小学教师队伍的业务素质。

基础设施

中国电科投入帮扶资金助力贫困县改善民生，在叙永县黄坭镇，为脱贫摘帽后仍存在住房安全隐患的特殊困难户进行危房改造。

医疗救助

中国电科投入资金支持叙永县民政部门提出帮助的因病致贫贫困户，实施“同舟工程——应急难”专项帮扶。

党建扶贫

中国电科充分发挥党建促脱贫的导向作用，投入资金在叙永县江门镇、黄坭镇、白腊苗族乡的 5 个村建设村党群服务中心，形成党员活动、电视会议、技术培训、电商销售、老年餐桌、乡村医疗等综合阵地。

消费扶贫

国资委要求 2020 年中央企业消费扶贫金额力争比上年增加 50% 以上。一方面中国电科梳理了叙永、绥德两县扶贫产品清单，及时组织货源，确保产品品质；另一方面组织各成员单位做好年度消费扶贫工作计划，鼓励优先购买集团公司定点扶贫县扶贫产品，并与扶贫县做好需求对接，提前商定扶贫产品的种类、数量及购买时间。同时，继续发挥中国电科商城平台作用，做好备货准备，保证扶贫产品的供应。

中国电科，向脱贫攻坚吹响决战决胜的冲锋号角，保质保量保时间打赢脱贫攻坚之战，书写决战决胜的时代答卷、人民答卷、电科答卷。

践行精准扶贫，中国电科连续5年获评“企业扶贫优秀案例奖”

郭　睿　杨晓艾

自2016年，国务院扶贫办联合中国社会科学院共同发布《企业扶贫蓝皮书》以来，中国电科连续5年入选《企业扶贫蓝皮书》，并获评“企业扶贫优秀案例奖”。

据悉，《企业扶贫蓝皮书》在前期征集的200余个企业扶贫案例之中，对企业参与扶贫的规模、效果进行统计梳理，从“精准性”“创新性”“可持续性”“可复制性”等五个方面建构综合评价体系，最终评选出若干各类企业的优秀扶贫案例，为企业进一步参与扶贫提供方向。截至2020年，已连续发布5本。

中国电科定点扶贫陕西省绥德县扶贫案例《绥德扶贫，唯“私人定制”才够精准》、定点扶贫四川省叙永县扶贫案例《打造“党建＋集中养殖＋贫困户散养”精准扶贫体系 党建产业齐发力 打好脱贫攻坚战》、助力帮扶龙岩老区扶贫案例《发挥电科优势，提升“造血”功能，助力革命老区加快发展》、定点扶贫陕西省绥德县扶贫案例《“三扶”并举，“三管”齐下，在助力绥德县脱贫攻坚的第一线深耕厚植》先后分别成功入选2016年度、2017年度、2018年度、2019年度《企业扶贫蓝皮书》，并获评“企业扶贫优秀案例奖”。

4 次入选，成绩斐然的背后是中国电科特色扶贫模式。

为贯彻落实习近平总书记关于精准扶贫系列指示精神和《中共中央 国务院关于打赢脱贫攻坚战的决定》，中国电科确定了“因地制宜、精准扶贫、造血为主、电科特色”的工作方针和“立足精准、做到三清”的工作要求。要求各级挂职干部对扶贫点做到“对象清、措施清、效果清”，协助地方政府完成好扶贫任务。还充分发挥信息技术优势，结合当地贫困现状，“扶志”与“扶智”并举，创新性地探索出“综合党建 + 特色产业 + 志愿服务”的精准扶贫工作模式。

党建扶贫，提升脱贫综合能力。按照习近平总书记“扶贫先扶志”和“抓党建、促脱贫攻坚”的指示，中国电科以贫困村党建阵地建设为核心，搭建综合扶贫平台，建立“支部共建、结对帮扶”机制，“党建扶贫综合阵地”，提供党费专项资金，发挥集团公司专业优势，打造“党建综合扶贫”信息化系统，帮助当地党员干部和群众提高思想认识，增强脱贫决心，提升脱贫综合能力。

产业扶贫，增强“造血”功能。本着授人以渔、长远脱贫的思想，中国电科通过打造长期可持续的特色产业，吸引劳动力回乡就业、脱贫致富。一是发展特色养殖业，探索“收益 + 分红 + 务工”的精准扶贫模式；二是发展特色种植业，探索农村产业“三变”模式；三是利用集团公司行业技术优势，援建光伏项目。

智力扶贫，“大爱电科”志愿行。按照习近平总书记“扶贫必扶智”的指示，中国电科团委根据扶贫领导小组的统筹安排，广泛发动团员青年，开展“大爱电科”志愿系列行动，为贫困地区的孩子插上梦想的翅膀。

基础扶贫，解决“三缺”和“应急难”。中国电科积极落实国资委

“百县万村”要求，支持贫困地区解决“缺水、缺路、缺电”问题。利用自身光伏技术优势，帮助绥德县实施照明工程100余公里。在叙永县资助修建桥梁和通村公路。积极落实国资委“同舟工程·应急难”要求，为因病、因灾特困群众雪中送炭。此外，中国电科54所、16所、28所、电科声光电等单位也积极帮助贫困县镇推进基础设施建设。

革命老区扶贫，输血焕发新活力。2014年起，中国电科启动支持龙岩革命老区军民融合发展工作。按照“优势互补、互惠互利、合作共赢、长远发展”的合作原则，在党性教育、人才交流、技术支持、供应链合作、产业落地、智慧县城建设等方面开展了立体化、多维度的军民融合合作，取得了良好的政治、经济和社会效益。中国电科被龙岩市政府誉为“与龙岩革命老区合作项目对接最多、合作领域最广泛、取得成效最显著的军工集团”，得到国资委和福建省委省政府的赞誉。

保障扶贫，确保脱真贫、真脱贫。中国电科重视发挥挂职干部在扶贫一线的“桥头堡”作用，选好扶贫干部，落实扶贫举措，坚持在扶贫攻坚事业中培养年轻干部；注重宣传教育，营造浓厚氛围，积极开展了“学习习近平总书记扶贫系列讲话征文”活动、“扶贫日”专项活动以及组织扶贫干部交流发言等；密切联系地方，注重督促检查，双方定期交流，关注脱贫攻坚进程。

习近平总书记在中央扶贫开发工作会议上曾强调，消除贫困、改善民生、逐步实现共同富裕，是社会主义的本质要求，是我们党的重要使命。

央企担当，使命必达。

忙碌在扶贫战“疫”一线，他们是村民眼中的电科好男儿

杨晓艾

“疫情特别严重的地区要集中精力抓好疫情防控工作，其他地区要在做好防控工作的同时统筹抓好改革发展稳定各项工作，特别是要抓好涉及决胜全面建成小康社会、决战脱贫攻坚的重点任务，不能有缓一缓、等一等的思想。”

——习近平在中央政治局常委会会议研究应对新型冠状病毒性肺炎疫情工作时的讲话

自新冠肺炎疫情发生以来，中国电科牢记肩负政治责任和社会责任，深入贯彻习近平总书记的指示精神，按照国务院扶贫办和国资委的统一部署，战“疫”扶贫两手抓，积极开展定点扶贫一线疫情防控工作。中国电科集团公司党组高度重视，要求全系统在确保取得疫情防控阻击战最终胜利的同时，高质量打赢脱贫攻坚战。

这期间，无数电科扶贫干部每日奔走在扶贫战“疫”第一线，以忘我的付出为当地人民群众的健康保驾护航。

倾力定点帮扶县，防疫产业两不误

自2013年起，中国电科正式承担陕西绥德、四川叙永两个国家级贫困

县的定点帮扶任务，先后选派了9名优秀青年干部驻县驻村挂职，策划实施了“肉牛养殖”“杜仲订单式林业科技”等一系列精准扶贫项目，以科技提升造血机能，助力两县实现脱贫致富奔小康。

突发的新冠肺炎疫情，让驻叙永县江门镇高家村第一书记田煦放弃了休假，忙碌在疫情防控的最前线。为确保村民们的安全，田煦发动村社干部对全村进行地毯式排查，记录村民的返程时间、交通工具、途径路线、身体情况等信息，做到疫情防控工作一个都不能落，一个都不能少。同时，为了确保高家村“肉牛养殖”项目的正常开展，保障当地贫困户的就业及收入，对牛场外来进出人员进行全面登记，对牛场的工作人员进行每日身体监测，对身体不舒服的工作人员进行休假观察。牛场消毒工作也由原来的一周两次消毒改为两天消毒一次，从牛场、配料间到办公室、设施设备，不放过任何一个角落，保证牛肉产品源头的安全。

在地处吕梁山区国家级贫困县陕西省绥德，挂职干部张凯也在忙碌着。除了配合当地政府，同县里基层干部共同做好新冠肺炎疫情防控工作外，严格落实中国电科年度扶贫及安全生产会议精神，在集团公司牵头下同个别成员单位、县里有关部门积极对接，共同策划2020年“科技扶贫”项目。此外，为落实农业农村部办公厅、国务院扶贫办综合司《关于做好2020年产业扶贫工作的意见》要求，张凯提前研究协调疫情期间的科技扶贫项目复工复产工作。针对杜仲订单式林业科技项目，已经开始着手筹备2020年3月杜仲种植的劳动力动员、树苗调配节点计划以及种植前基肥招标采购等工作，避免疫情防控造成的可利用时间减少，争取最大限度地保证杜仲产业高质量稳定发展。

结对帮扶筑防线，冲在一线最前沿

中国电科成员单位在当地政府的统一安排下，也在分别结对帮扶定点贫困村，并选派了优秀扶贫工作者组成驻村扶贫队，开展精准扶贫工作。新冠肺炎疫情期间，这些扶贫工作者们冲在一线最前沿，为贫困村筑起了一道道安全防线。

中国电科网通7所驻村扶贫队队员们在山塘镇政府的统一部署下，会同西尾村“两委”共同组织开展农村基层新冠肺炎疫情防控工作；电科装备48所驻村工作队长、第一书记张星在安化县双溪村，统筹协调工作队，积极组织科学防治；电科天奥驻小金县窝底乡春卡村扶贫干部程勇坚守在乡联动汗牛卡点，积极遵照地方政府的要求，确保汗牛片区村民安全；电科博微38所驻窦庄村党总支第一书记、扶贫工作队队长赵永红带领驻村扶贫队，先后走访煤气站、生活超市，督促保障窦庄村民蔬菜、粮油等生活用品的正常供给；电科博微43所驻村工作队为太和县花园村筹措消毒液、口罩等防护物品，解决新冠肺炎疫情防控物资短缺现实问题；中国电科仪器仪表公司驻六安市叶集区三元镇王店村第一书记、扶贫工作队长圣方维，第一时间响应政府号召，带头参与爱国卫生运动，以实际行动响应“六小六起来”口号；中国电科22所驻村工作队采取电话、微信等联系方式，密切关注贫困户新冠肺炎疫情防控情况，帮助解决实际困难，全力支持土坡村疫情防控工作；中国电科29所派驻马尔康的挂职干部吴超，得知“马尔康市确诊首例新型冠状病毒肺炎患者”的消息后，义无反顾地奔赴防控一线……

疫情就是命令，防控就是责任，脱贫就是目标。在这些奔忙在扶贫一线的扶贫干部眼里，疫情动摇不了高质量打赢脱贫攻坚战的坚定信心，阻挡不了带领贫困县、贫困村脱贫致富的脚步，与病毒战斗，与贫困斗争，虽艰但必胜。

第2章

电科扶贫·故事

直播带好货！中国电科扶贫青年解锁脱贫攻坚“新姿势”

何　爽

“大家晚上好，欢迎走进中国电科助力脱贫攻坚直播间，在这个特殊时期，我们以特殊的方式为叙永县农产品带货，为‘乌蒙好牛’代言!”

2020 年 4 月 29 日晚 19 点，由中国电科团委与四川省叙永县联合举办的“中国电科助力脱贫攻坚”网络直播带货活动首秀来袭。中国电科挂职叙永县人民政府副县长力鑫、高家村第一书记田煦、亮窗口村及高峰村驻村工作队队员郭鑫，三位实干助农的中国电科扶贫青年化身“网红”主播走进直播间，首次在腾讯看点直播平台以带货的形式，宣传推介中国电科定点扶贫县叙永县的特色农产品——电科牛场饲养的绿色生态牛肉。近 1 小时的直播，吸引了 9174 人次在线观看，产品知名度大获提升。

“电商扶贫作为新兴业态，既可以提升品牌影响力，也可以帮助群众脱贫致富，我们要大胆尝试。”在中国电科团委发布“大数据行业青年助力脱贫攻坚倡议书”后，与挂职副县长力鑫商议提出了直播“带货”助扶贫的想法，并得到了同在叙永县挂职的田煦、郭鑫的迅速响应，“不光要有直播带来的热度，背后对贫困地区农产品质量、供应链的考验更需我们持续深度思考，要抓住电商扶贫带来的新机遇。”在反复推敲直播方案、对接备足货源、准备产品推介、“恶补”直播常识后，为确保当日直播效果，三位电科扶贫青年不断汲取直播带货经验，开始多次彩排、反复演习。

4 月 29 日晚，直播活动准时进行，直播间里热闹非凡。

三位扶贫青年以幽默、平白、风趣的语言精心做产品推荐，严谨科普牛肉知识点，使“乌蒙好牛”成为直播中最大的亮点。网友们不仅为好物疯狂“剁手”，更是纷纷刷屏留言：“乌蒙好牛就是牛！”“电科出品，值得信赖！”“买它买它就买它！”更有神秘嘉宾中国工程院院士、中国电科首席科学家陆军现场连线直播间，表达对扶贫责任的理解和扶贫青年的感谢，同时还在线下单支持直播活动。

“在疫情阻击战一步步走向胜利之际，我们将在电科党组的带领下，在‘战’贫一线持续发力，探索电商扶贫新模式，做好疫情加试题。”

“我们将以此次‘直播带货’作为新起点，继续探索扶贫新模式，打通扶贫新路径，为决战决胜脱贫攻坚战持续贡献电科力量，挥洒青年热血！”

三位电科扶贫青年交出了首份满意的助力脱贫攻坚“直播带货”答卷。

用“爱”传递“爱”，一份来自高家村的特殊礼物

力　鑫

2020 年 5 月中旬，不少电科员工表示，收到了一份特殊的礼物——叙永县高家村送来的乌蒙好牛产品。

“吃水不忘挖井人”，小村落也有小村落的感恩与大爱。叙永县高家村乡亲们为了感恩中国电科多年来的风雨相伴，经过高家村村委会集体决议，向中国电科奋战在外场及抗疫一线的部分员工及亲属赠送乌蒙好牛产品，以微薄的力量表达村民们对中国电科的感恩之情。

坚决打赢脱贫攻坚战，是以习近平同志为核心的党中央作出的重大决策部署，是全面建成小康社会必须打赢打好的硬仗。中国电科牢记肩负的政治责任和社会责任，全面贯彻落实国家精准扶贫战略。

中国电科 2013 年开始定点扶贫国家级贫困县四川叙永县，充分发挥当地的好山好水好空气的生态环境优势，通过引入绿色生态肉牛养殖项目形成集体经济产业帮扶，从而带动当地农户致富增收。截至 2020 年，中国电科已经累计投入 700 万帮扶资金专项用于高家村牛场发展，为高家村的产业脱贫提升助力。

在集团党组的指导支持下，目前高家村电科牛场已打造了购牛、养

殖、加工、销售、售后的全产业链运营平台，从模式单一的村集体经济成长为一家小微企业，进而提升了牛场的收益，带动贫困户致富增收。

2019 年高家村电科牛场产品销售得到了集团党组、总部机关和各成员单位的大力支持，“乌蒙好牛”系列产品全年销售收入达到 683.3 万元，实现利润 57.7 万元，上缴税收 13.6 万元，村集体经济收益位列叙永县第一名，在泸州市名列前茅，实现了真正意义上的自我造血。当地 60 户贫困群众通过参与牛场务工、牧草种植等方式实现户均增收 6600 余元。

用“爱”回馈“爱”，是高家村对感恩的诠释和践行。高家村村民们向中国电科的“家人们”发出诚挚的邀请，邀请大家到高家村来走一走、看一看，体验乡村的宁静，感受脱贫攻坚带来的变化。

干货满满很真诚！让电商培训进叙永

张　伟

2018年7月30日至8月3日，中国电科联合厦门大学举行了“1+1+X镇村干部能力提升计划：中国电科——厦门大学”电商助力精准扶贫系列活动（以下简称“活动”），进一步开展助力叙永县脱贫攻坚、乡村振兴工作，协助推动叙永县农村基层干部村域经济发展能力提高与村级致富带头人才培养。

活动由电商精准扶贫集中培训暨叙永县2018年贫困村第一书记/致富带头人培训、特色农业产业实地调研等部分组成。

全覆盖、系统讲

用“大手机、大电脑里做生意的真故事”、讲“让别人看到就想买的好东西”。

活动基于叙永县建档立卡贫困户驻村第一书记、致富带头人抓产业、促发展能力提升以及特色农产品电商上行瓶颈问题，组织叙永县全县90个贫困村驻村第一书记、致富带头人，以及全县具有一定规模的专业合作社、村资产经营公司等新型农业经营主体负责人共130余人次参加集中培训。首次实现了中国电科对叙永县贫困村驻村第一书记、致富带头人的全覆盖培训。

培训通过当地生态慢养的“高家牛”、水尾竹笋、三十块一斤的“凤凰李”，以及外来的“巴中蓝莓”“明溪梨”等十几个案例故事，通俗易懂地讲出了农村电商、特色产业发展的痛点及应对建议，课程听得懂、能明白、有启发、用得上。

重典型、进山村

不走过场、实实在在，博导教授和第一书记一起“挽起裤脚走田坎、学了川普问需求”。

在全覆盖集中培训之前，精选全县五个乡镇6个特色产业发展典型村实地调研、访需求。重点选取了叙永县脱贫攻坚少数民族乡村旅游（苗族、彝族）、特色果蔬种植（脆红李、甜橙）、乌蒙山特色菌林下种植、肉牛适度规模养殖，以及易地扶贫搬迁集中安置产业拓展典型村开展实地调研。调研团队进大山、入村社，在雪山关上的彝族新寨、在赤水河畔的苗家老屋，在叙永林竹产业转型开发的水尾镇水星村、在集团公司产业帮扶项目落地的江门镇高家村，在叙永县“川滇黔”电商物流港，都留下了自己的足迹，提出了针对性的措施建议。

用优势、找资源

“有了真金白银的投入，产业道路要走好就更得有真正干的经验指导”。

本次活动在中国电科脱贫攻坚领导小组办公室的指导下，充分利用中央和国家机关派驻四川省驻村第一书记渠道资源，协同开展中国电科“1+1+X镇村干部能力提升计划”和厦门大学“互联网+精准扶贫”社会实践专项行动。为期五天的系列活动得到厦门大学团委、叙永县委组织部和县扶贫移民工作局的大力支持，厦门大学计算机系副主任、闽江科学传播学者、博士生导师张德富教授专程赶赴叙永，全程参加实地调研、亲自授课。

同时，特邀中国银行业监督管理委员会“优秀共产党员”、四川省“优秀第一书记”中国华融派驻宣汉县仁义村第一书记鄢宏，国家开发银行北京审计分局副处长、古蔺县红响村第一书记张振飞做典型交流分享，讲经验、说干货、谈心得，让大家少走弯路。

搭渠道、求实效

现场加微信、装 App，“一个上午不过瘾，下午专题再交流”。

专题互动交流活动为当地“苗王寨”乡村旅游、“七里店”脆红李种植、水星村林下菌种植、高家科窖牛场等农业产业公司、农村专合社提供了特色农产品上行专业建议。其中，集中培训现场安装“厦门大学电商扶贫平台”App 客户端 50 余人次，3 家新型农业经营主体与厦门大学双创企业“我知盘中餐”电商大数据平台签订了农产品入驻合作协议。农产品上行助推“土产”变“产品”，电商大数据平台入驻提供渠道支撑。

参训人员有话说

叙永县扶贫和移民工作局副局长陈才泉说，“这次培训的效果大大超出预期！大家都在问怎么用电商、怎么进平台、怎么才能销得好，现场的第一书记、致富带头人的情绪完全被带动起来了”！

赤水镇斜口村生态种植家庭农场负责人王洪说，“感谢这次的培训课程和各个单位的真帮实扶，希望下次能够再来引导带动我们，让我们的家庭农场越干越好”。

厦门大学学生实践队学生申雅茹说，“第一次来到四川，在几天的实践活动中，我看到了当地人民为求发展积极寻求改变，看到了我们的驻村第一书记废寝忘食地搞建设，也坚定了我们搞‘互联网 +’精准扶贫活动的信念。期待通过我们此次活动，可以为叙永县的发展略尽绵薄之力。”

新闻深一度

“1+1+X”镇村干部能力提升系列计划，是由中国电科、叙永县有关乡镇基层党委政府联合发起，旨在提高农村基层干部乡村治理水平、村域经济发展能力的“扶贫扶志、乡村振兴”特色活动。

其中，“1+1”即开展一系列“走出去”，赴中央国家机关、地方定点帮扶乡镇先进典型实地学习；开展一系列“引进来”，引进高校、研究院所专家团队赴叙永县实地调研、培训。“X”即依托集团公司产业帮扶项目高家村科窖牛场及高家村党支部，共同探索培养发展村级后备党建、集体经济人才的路子。

据了解，“1+1+X”镇村干部能力提升系列计划已于2020年在叙永县江门镇成功开展镇村两个层面的先行先试。活动学习日程紧凑、现场教学可操作性强，有效拓展了镇村干部经济发展思路，得到了镇村干部的广泛认可：

一是参加了四川平昌“第一书记+电商精准扶贫”县域论坛，中国电科、天津大学、中国法学会、中国工商银行四家中央单位派驻的驻村第一书记进行了大会主题演讲。

二是组织了江门镇全镇11个村、2个社区及镇扶贫办、农技服务中心23名镇村干部赴“全国民主法治示范村”平昌县陇山村、“国家真龙柚栽培综合标准化示范区”合江县真龙镇等四个脱贫攻坚先进典型镇村同步开展了为期4天的“走出去”现场教学。

三是带领了江门镇高家村党支部、村资产经营公司、贫困户致富带头人，赴古蔺县护家镇、桂花乡等地开展了“1+1+X”高家村集体经济发展考察学习。

扶志扶智，电科声光电与高家村共建首个村级小学“梦想课堂”

张 伟

2018 年 5 月，为贯彻落实中国电科集团定点帮扶工作的要求，切实履行中央企业的政治责任和社会责任，电科声光电党委第一时间响应集团公司关于“脱贫攻坚、精准扶贫”的指示，系统工程部党支部进驻高家村开展具有电科特色“扶贫扶志扶智”系列活动。

“樱桃好吃树难栽，不下苦功花不开。只有干，才有奔头！”
——党建促攻坚：扶志动员，为凝心聚力、实干创业“加油”鼓劲

落实“城乡结对子·党员手拉手”支部共建。重庆声光电系统工程部党支部一行调研了高家村科窖牛场，并为高家村党支部上了一堂以“解放思想、干事创业”为主题的党课。这是电科声光电在高家村的首次党课，课上分享了重庆声光电艰苦创业的历程，以中国电科自己的发展故事为村里加快发展找到“同类项”，为高家村加油、鼓劲。在高家村科窖牛场党小组党员活动室，看到了高家村提出的“1121”党建融入脱贫攻坚工作形态思路展示，听到了高家村版“三个转变”集体经济发展思路的汇报，系统工程部党支部副书记杨靖说到，“樱桃好吃树难栽，不下苦功花不开。

只有干，才有奔头，才能真正脱贫致富”。

“我们的牛和鸡，是真正原粮慢养出来的土货。”

——帮扶促发展：实际行动，为抓产业、拔穷根“出主意”“想办法”

在科窖牛场养殖现场，在村民散养跑山鸡的田坎上，高家村村长沈运才说到：“我们的牛和鸡，是真正原粮慢养出来的土货，是来到我们这的人都喜欢的”。

“发展生产促进发展”。从行动上支持高家村养牛产业的发展，系统工程部党支部职工当场认购了 1 头高家村科窖牛场爱心牛，认“高家村党员扶贫三带工程——跑山鸡”20 只。为群众发展生产、脱贫奔康贡献力量、提振信心。

“飞机上怎么长了蘑菇呀?”

——科技启梦想：用科技，把科普课堂搬到村小学、搬到了坝子上

“飞机上长的那个是蘑菇吗?”

“这个蘑菇叫雷达，是在天上抓到坏人的眼睛和耳朵。”

“这么厉害的雷达眼睛是谁造的呀?”

“是我们中国电科人自己造的厉害武器呢!”

高家村小学坝子上，电科声光电袁宇鹏博士开讲“大爱电科·科技梦想小课堂”。

以特色的科技服务帮助学生点燃科技梦想，激发学习热情。以“科技”为渠道，以扶贫必扶志、扶志必扶智的思路，以科技图书为载体，以电科预警机为兴趣载体，引导孩子感受科技力量，激发科技好奇心。

电科声光电将以科技扶贫、精准扶贫的手段，助推脱贫攻坚工作的开展。同时，我们也会继续通过科普活动将科学、科技梦带进叙永、带进村

小学，培养孩子们学科学、爱科学，用科学的良好风尚，播下他们心中科学的种子，点亮他们的科学梦想。

“谢谢叔叔阿姨，我在系统工程班一定好好读书!”

——梦想共成长：“扶智”措施建在班级，首个“梦想课堂”落地实现

“希望孩子们能像这片土地上的竹子那样，现在虽然柔嫩、弱小，但仍能顽强的吸收阳光雨露，仍能坚强的成长，画下属于自己的那一片，蓝蓝的天。”集团公司派驻高家村第一书记张伟这样说。

对接集团公司扶贫扶智“大爱电科——梦想1+1”活动，响应电科声光电公司党委“梦想课堂”支部共建倡议，开展了“六一”儿童节活动。

系统工程部党支部与高家小学4年级班级达成结对帮扶，将它命名为“系统工程班”。部门全体员工积极募集捐款，为高家小学4年级班级捐赠了电科预警机科技模型、书籍文体用品等，并设立电科“声光电梦想课堂——系统工程爱心奖学金”，对成绩优异的5名学生进行了现场表彰。作为首个响应重庆声光电党委倡议的党支部，系统工程部将集团公司扶贫扶智活动开展落实到班级上，也是“大爱电科·梦想1+1”爱心助学活动在川渝地区延伸开展的又一次实践。

新闻深一度

高家村“1121”抓党建促脱贫攻坚工作形态：

“支部结对子·党员手拉手”结对共建。3月8日，与重庆声光电系统工程党支部签订支部共建协议，明确了“帮扶手拉手”党员结对人员。

“党员服务工作队”组建。2018年4月18日，高家村“党员服务工作队”组建。一期由村三委党员同志、驻村第一书记组成。

固定主题党日“党员牧草示范田”种植活动开展。2018年4月18日

举行了首次党支部固定主题党日“党员牧草示范田”种植活动。本次活动获得《泸州日报》《四川新闻网》等市级媒体报道。

“科窖牛场产业党小组”成立。4 月 23 日，高家村“科窖牛场产业党小组”成立，并开展了科窖牛场入场务工群众谈心、安全生产教育等首次党小组活动。

“党员带动示范工程——跑山鸡散养项目”启动。5 月 3 日，高家村“党员带动示范工程——跑山鸡散养项目”第一批次鸡苗发放完成，首次发放鸡苗 1310 只，涉及群众 35 户。

乌蒙山小山村收到的新春礼物

胡　维　张　伟

2018 年 2 月 8 日，恰逢农历小年，乌蒙山区的一个小山村雪后初霁。

“村上的牛场真的分红噢！”

“真是没想到，真是感谢！感谢！”

……

在中国电科定点帮扶的四川省泸州市叙永县，江门镇高家村的乡亲们第一次收到了村集体经济发展壮大带来的新春礼物——科窖牛场首次分红。

为落实兑现高家村科窖牛场“收益 + 分红 + 帮扶”的精准扶贫“六重收益模式”，分享集体经济发展成果、提振群众发展信心，高家村举行了“贫困户入股科窖牛场分红仪式”。全村 58 户科窖牛场入股贫困户每户获得了首次分红 200 元。

2017 年高家村科窖牛场实现了首次肉牛小批量出栏，并与泸州市规模养殖龙头企业签订了销售合同；全年村集体经济收入首次突破十万元。这次入股分红就是高家村 58 户贫困户利用 3000 元/户的产业周转金入股科窖牛场实现的分红收益。此外，逐步探索中的科窖牛场精准带动“六重收益模式”，已吸纳贫困户入场务工 2 人，工资收入已达 3000 元/月/人，不离乡不离土，通过劳动能稳定脱贫。同时，3 户贫困户已参加能繁母牛散养试点项目、散养母牛 10 头，兑现散养项目奖励金额 3.75 万元。

九层之台起于垒土，合抱之木生于毫末。

叙永县高家村科窖牛场项目，是中国电科在落实脱贫攻坚“六个精准”“五个一批”要求，紧密围绕“发展生产脱贫一批”的精准扶贫方向下，努力探索出的适应乌蒙山区自然承载条件、群众意愿等适度规模化的养殖模式。

科窖牛场位于离高家村易地搬迁集中安置点 1.5 公里处。牛场一期已于 2017 年 4 月建成并投入运营，已饲养精品肉牛 40 余头；牛场二期主体工程目前也已完成，设计存栏量 200 余头。

2017 年是高家村脱贫攻坚肉牛养殖产业的起步年、探索年。

4 月，集团党组领导率队深入高家村科窖牛场一期现场，实地了解牛场建设及运营情况，听取叙永县脱贫攻坚工作情况汇报。

8 月，根据中组部部署，集团公司选派声光电公司年轻干部张伟赴高家村担任驻村“第一书记”。

11 月，集团公司投入帮扶资金援建的科窖牛场二期主体工程完工。

12 月，集团公司划拨“党费扶贫专款”，打造的集“智慧民生、智慧党建、智慧牛场”等功能于一体的“大爱电科 · 叙永智慧扶贫党建平台”项目正式启动。

正在建设的科窖牛场，切实弥补了高家村集体经济空白的短板，直接支撑了精准扶贫、精准脱贫对于生产发展的需要。村集体把科窖牛场作为农业产业牵引带动的“牛鼻子”，围绕“养牛”找路子，积极探索牧草种植等衍生项目的发展。

在集团公司等帮扶单位的带动下，高家村党支部将继续围绕产业“造血”、持续“造血”、扶智“造血”思路，继续带领全村群众前进。

“今年，对于咱们村，是个不一样的丰收年啊!”

新闻深一度

关于“收益+分红+帮扶”的精准扶贫六重收益模式

每户贫困户获得“饲草销售收益+入场务工收益+养牛出售收益+产业周转金入股分红+帮扶性分红+临时救助”六重收益。饲草销售收益指贫困户通过向牛场出售秸秆、青草获得销售收入；入场务工收益指贫困户通过圈舍打扫、防疫控制、设施维护等务工获得务工收益；养牛出售收益指带动周边贫困户分散养殖肉牛并向牛场出售；产业周转金入股分红指贫困户根据个人意愿借助产业周转金入股，实现分红收益；帮扶性分红指牛场运营盈利后，提取部分利润分配给全村贫困户；临时救助指牛场运营盈利后，提取部分利润用于临时救助生活困难的贫困户。

争分夺秒抗洪灾，扶贫干部冲在前

田　煦

2020 年 7 月 17 日，中国电科定点扶贫点叙永县江门镇高家村牛场 1 期遭遇洪水袭击。牛场水源堤坝被冲垮，1 期牛场宿舍、储物间被淹没，牛场饮水池损毁。为了保证牛场财产安全，中国电科驻村扶贫工作队同高家村党员干部们一起，闻风而动，冲锋在前，立即投身抗洪抢险工作。

雨还未停，中国电科派叙永县高家村驻村第一书记田煦同村社干部带头跳进水里，对洪水进行封堵。周边村民也纷纷赶来帮忙抢险。经过 2 个多小时的努力，洪水被封堵，新挖水渠进行引流泄洪。

天气预报显示，近期仍有暴雨，为了最大限度地降低牛场的经济损失，避免次生灾害发生，大家紧急转移 1 期牛场所有肉牛到 2 期牛场，对仍可使用的物资、设备进行抢救。集团公司高度重视高家村受灾情况，多次电话询问灾情及指挥救灾。田煦的妻子原本来村里看望他，但没想到机缘巧合之下她也加入了救灾工作中，穿着凉鞋浸泡在泥水中与村民一起抗灾抢险。

经过大家 5 个多小时的奋战，洪水被堵住，肉牛安全转移，牛场备用水源也已布好水管并可以正常使用。

灾难无情人有情，争分夺秒保安全。此次抗洪抢险，高家村党员干部冲锋在前，牛场工作人员默默坚守，村民积极参与，共同守护高家村。

乌蒙山间“女强人”，电科帮扶焕新生

力　鑫

五年前的一场山洪席卷叙永县白腊苗族乡高峰村，半个村庄毁于一旦。

天灾无情人有情，中国电科党组第一时间派人员赶到村里，配合地方抗洪救灾，给予受灾群众关怀，协助村民恢复生产生活，结合高峰村的实际情况，启动能繁母牛养殖帮扶项目。截至 2020 年 5 月，共帮助贫困户 60 余户，赵家便是其中的代表之一。

赵雪红，今年 30 岁，是叙永县白腊苗族乡高峰村 1 社的建档立卡贫困户。五年前那场洪水带走了她的丈夫和公婆，只有她和两个年幼的孩子逃了出来。

2017 年，中国电科计划在高峰村发展“家庭能繁母牛养殖项目”，挂职高峰村第一书记了解到相关情况后，找到了赵雪红。那时赵雪红通过灾后安置搬进了新房子，村里给她提供了一个公益性卫生岗位，享受低保，但每月几百元的收入不足以维持整个家庭的生计。在第一书记的帮助下，赵雪红积极报名，通过村三委同意和群众大会表决，顺利地参与到养殖项目中。

4 头母牛进栏后，赵雪红的生活忙碌了起来——天没亮，赵雪红就起床割牛草、打粮食，先把牛儿喂饱，接着为两个孩子做早饭；白天沿着公路维护卫生环境，照顾地里的庄稼；黄昏再把牛儿喂饱，接着照顾小孩。在这期间，电科扶贫挂职干部定期都会到她家关心她的生产生活情况，指导和帮助她提高养殖效率、疫病防治，为她支招。

2018 年底，辛勤付出得到了回报，四头西门塔尔母牛都顺利地产下了小牛犊，这些新生命的到来，预示着她的生活又进入一个更新的“段落”，也为这个饱受磨难的家庭注入了新生的希望。半年后，赵雪红陆续将这些牛犊出售，收入了 4.5 万元，赵雪红用这些钱又购买了 3 头母牛，扩大了养殖规模。

2020 年，中国电科计划帮助赵雪红扩大养殖规模，挂职干部和驻村干部多次到户，指导和规划实施方案。

赵雪红的事迹只是中国电科实施精准扶贫成效的一个缩影，它见证的是大爱电科和坚强的高峰村人的砥砺奋进，见证的是新时代我们的共同追梦。

暖心援建，
LED 太阳能路灯照亮精准扶贫路

邓　勇

一盏灯照亮一条路，一条路致富一个村。

2020 年初，立足科技扶贫，中国电科旗下中科芯聚焦基础设施薄弱领域，暖心援建太阳能路灯项目，有效解决了当地群众出行安全的问题。

陕西绥德县的贫困乡镇分布极其分散，地理位置偏僻就地取电异常困难，但光照资源丰富，光照资源属于国家 2 类地区。根据这三个特征，自 2015 年起，中科芯在集团公司精准扶贫的总体框架下，以太阳能 LED 路灯的配套建设开展扶贫工作，积极响应绥德县当地政府“加大基础建设，解决百姓出行困难”的脱贫攻坚主题，推动太阳能路灯在绥建设。

太阳能 LED 路灯在白天可以通过太阳能电池板把太阳能转换成电能储存在蓄电池中，晚上蓄电池提供电力给 LED 路灯。无须铺设线缆、无须供电、低碳照明、具有稳定性好、寿命长、安装维护简便等优点。

截至 2020 年 6 月，中科芯完成太阳能 LED 路灯扶贫工程 8 个，安装太阳能 LED 路灯 2184 盏；完成光伏电站扶贫工程 1 个，总装机容量 250 千瓦。

从陕西绥德到四川叙永，太阳能 LED 路灯扶贫工程已在四川叙永县的高家村和安定村实现了全覆盖，路灯质量和实际使用效果受到了当地政府和村民的欢迎。

春耕春种抢农时，订单式农业显成效

张　凯

春回大地，草长莺飞，正适农时。

2020 年 3 月，在绥德县四十里铺镇高家沟村杜仲药材项目区，呈现出一派生机勃勃的复工复产景象。村民们精神饱满、干劲十足，正在全面开展补种、栽植、平茬、覆水、施肥等工作，确保疫情防控和扶贫产业复工复产两不误。

自 2019 年起，为进一步壮大村集体经济，促进扶贫产业长效发展，实现拉动区域经济建设目标，中国电科无偿出资援建四十里铺镇高家沟村，因地制宜、大力发展集“产学研”为一体的一系列科技扶贫项目。

中药材杜仲因其具有“耐寒、耐旱、抗虫害”等特性及“当年种植、当年获益、一次种植、连年收益、技术要求简单”等优势，加之一年来西北农林科技大学专家及绥德县农业局园艺站技术员王亚武等驻村进行栽植技术培训和施肥指导，订单式农业科技项目逐渐成为高家沟村脱贫增收引进的“亮点”产业。今年是项目巩固发展的第二个年头，村民从“不了解”到“初步认识”，再到基本掌握“种植技术要领”，有的成为职业种植能手，仅去年项目收益就带动本村村民 300 多户增收，产业经济效益显著。

正在忙碌的高家沟村村民高富战，从他家的土地流转到合作社入股开始就在这里务工。他说："在这里工作，相比我以前外出务工来说，生活有了很大改善。既能在工作的同时学习到很多关于种植杜仲的经验知识，又能照顾家里，免去了在外面打工的舟车劳顿，收入也不比在外面打工低，去年头一年我就有 1 万多元的分红收入。今年经验、技术都有了，再看这苗的长势，增加收入肯定没问题。"

在杜仲叶林栽培技术示范区，像高富战这样通过务工增加收入的本地群众还有很多。高家沟村集体经济合作社负责人李增发介绍说："3 月 15 日起，我们合作社开始复工，每天有 30 多名本地村民在帮忙干活，主要是负责补种和新增栽植工作。此外，为应对今年雨水可能稀少及气候多变造成土壤墒情不足进而影响项目发展。中国电科持续发力，协调国家节水灌溉工程技术研究中心，按照计划节点安排，一手抓栽植工作，一手在已完成补栽杜仲工作的项目分片区阶段性地实施滴灌水肥一体化项目，旨在巩固去年发展成效，确保今年持续增产创收。"

按照中国电科 2020 年度在绥科技扶贫工作计划安排，今年杜仲订单式农业科技项目计划在原 500 亩杜仲叶林栽培技术示范区，继续安排新栽植、补种杜仲苗 50 余万株。截至目前，已完成新栽植、补种计划任务的近 70%。此外，中国电科还无偿出资，联系国家节水灌溉工程技术研究中心在绥德县高家沟村实施杜仲药材滴灌水肥一体化项目，目前在绥德县扶贫办及四十里铺镇政府积极协调配合下项目进展顺利，在 5 月底全面完成建设任务并投入使用。

“陆军院士给我们回信了！”

刘丕元

2019 年 12 月 9 日，来自中国工程院院士、中国电科首席科学家陆军院士的一封回信令绥德县四十里铺镇中心小学全体师生激动不已。

2019 年 3 月，陆军在绥德县人民政府副县长张凯的陪同下，来到绥德县四十里铺镇中心小学的“科技小屋”，为孩子们上了一堂别开生面的科学课。课堂上，陆军院士深入浅出，用幽默、朴实的语言向同学们介绍人类航天的发展历程、航天科技领域取得的成就和我国未来科技创新发展的方向。同学们积极讨论，对科技产生了浓厚的兴趣。

陆军院士在回信中表示收到了同学们的来信和亲手制作的电动模型，得知“科技小屋”正在发挥作用，深受师生的喜爱，感到十分高兴。他希望“科技小屋”不仅能向同学们展示科技的魅力，还可以激发老师、同学们科技创新的兴趣；他激励同学们，“要像海绵吸水一样学习知识，既勤学书本知识，又要多学课外知识，勤于思考，多想多问，不断培养自己的创造精神”，并祝福四十里铺镇中心小学的同学们要乐观向上，健康成长；他鼓励老师们要积极响应习近平总书记号召，“把孩子们培养好，树立高远志向，成为热爱祖国、热爱人民，有品德、有知识、有作为的新一代祖国建设者和科技创新引领者”。

“在‘科技小屋’里，我组装了一架直升机，我的好朋友张心杰组装了一台电动风扇。我们都超级兴奋、激动，想第一时间把作品送给敬爱的陆院士”。11 月初，四十里铺镇中心小学五年级三班的李浩轩在给陆军院士写信时高兴地说。

一年前，中国电科在四十里铺镇中心小学打造“科技小屋”，旨在为贫困地区教育事业添砖加瓦，让陕北乡村孩子们的科学课不再成为想象课。希望在四十里铺镇中心小学老师们的努力下，利用好“科技小屋”启蒙平台的作用，积极调动同学们的求知欲望，让他们从小树立“知识改变命运，科技创造未来”的思想意识，进一步培养同学们的探索精神、点亮科技梦。

四十里铺镇中心小学的学生们表示，“在中国电科和陆院士的帮助下，一定会加倍努力学习，用知识充实头脑，用智慧改变贫穷、改变命运、改变家乡，用一颗感恩的心奋发图强，回报社会”。

青年助力脱贫攻坚，“大爱电科”在行动

王星懿

打好脱贫攻坚战是党的十九大提出的三大攻坚战之一，对如期全面建成小康社会、实现党的第一个百年奋斗目标具有十分重要的意义。中国电科作为军工央企，积极履行央企社会责任，把扶贫作为长期坚持的政治任务全力推进。中国电科团委积极响应习近平总书记“扶贫先扶志、扶贫必扶智”的要求，在党组的领导下，充分发挥自身科技优势，结合青年特点，全力打造“大爱电科”青年志愿服务品牌项目，建立了“科技小屋”、移动科技馆等科普平台，打造“点燃科技梦想实践课堂”，开展了“放飞梦想”夏令营，持续进行“梦想1+1”助学帮扶等活动，为贫困地区的孩子插上梦想的翅膀，用科技的魅力为中小学生开启科技之光，激发学生勤奋学习、报效祖国。

“梦想1+1”助学帮扶，暖情，暖意，暖心

中国电科团委发动集团志愿者针对贫困地区中小学生开展“梦想1+1”结对帮扶，即帮扶一名贫困学生，进行一次实地探访，开展一次交流活动，在开展“梦想1+1”结对帮扶活动中，对贫困学生每年每人2000元

进行定向资助，支撑其完成小学至高中学业。截至目前，“梦想1+1”帮扶资金累计400余万元，资助贫困学生2000人以上。

“科技小屋”，以梦为马，一个开放共享的志愿服务平台

建设“科技小屋”，打造科技课堂，发力“志智”双扶。2015年至今，中国电科团委牵头在15个偏远地区和贫困县建设“科技小屋”26家。在科技小屋打造“点燃科技梦想实践课堂”课程，邀请院士、知名专家开展专题讲座。同时，由各成员单位近千名志愿者组成的科普志愿者队伍，经常开展科普活动。“科技小屋”已成为当地青少年儿童开展科普课程、科普实验和科技活动的主要阵地，覆盖人群超2万人，累计举办科普课堂400多次，获得地方政府和广大师生的高度认可。

放飞梦想，融情科技行

部分贫困地区，教育资源较为匮乏、硬件环境相对落后，孩子们很难有机会走出大山，看到外面世界的模样，新兴科技知识难以及时普及。电科团委针对这一情况，通过开展“大爱电科—融情科技行”活动，帮助贫困学生开拓视野，打开梦想之窗。“大爱电科”青年志愿服务队将贫困地区学生接到北京、西安、成都等城市，参观科技场馆和装备现场等，带给孩子最前沿的科技，让孩子们了解科技知识，体验科技魅力，开拓眼界、增长见识。

面对疫情影响，电科团委打造的基于VR的“移动科技馆”，在线参观电科先进装备和前沿技术，已在绥德、叙永、古田等地陆续投入使用，通过VR实景体验区建设、科普软件开发，推动可复制、可推广的科技志愿服务平台建设，进一步丰富了志愿服务活动形式，扩大了覆盖面。同时还组织开展“扶智励志，百校结对”活动，发挥大城市优质教育资源的优

势，目前已推动20余家知名院校和扶贫地区学校结对共建，后续将探索更多优质教育资源走进贫困地区，助力提升教学质量水平，也将志愿服务绩效最大化。

每个孩子心中都有一个小小的愿望，承载着成长的希望，凝聚每一个“小”爱心，发挥“大”价值助力扶贫攻坚，“大爱电科”持续前行。

大爱电科，情系叙永
扶智励志，科技成都行

罗晓华

2020年8月，在电科航电的组织下，叙永县白腊苗族乡的9名学生赴成都开展了为期4天的“大爱电科 情系叙永 扶智励志 科技成都行”活动（以下简称“科技行”）。

活动响应中国电科“点亮科技梦想”帮扶主题，结合大爱电科“扶智励志百校结对”活动，组织安排学生们参观游览了电子科技大学、四川省科技馆、成都金牛实验中学，以及成都大熊猫基地、成都动物园等地；开展了“面对面”沙龙、探索“科技知识”、观看爱国电影、感受前沿科技产品、游览人文景观等丰富多彩的活动，为孩子们开展一次富有意义、终生难忘的科技之旅。

一场别开生面的见面

在航电产业园，学生们参观了公司展厅、实验室、办公室等场所，新奇地凝神注视每一个角落，表现出对科技的极大兴趣，同时，也深刻感受到了科技工作者浓烈的工作氛围。特别是当孩子们看到无人机，气氛更加活跃，纷纷踊跃提问，积极探索科技知识。这是孩子们第一次与帮扶单位

见面，更是第一次与科技零距离接触。

一场特殊的约会

9 名学生与帮扶联系人如约而至，展开了一场特殊的“约会”。帮扶联系人分别与受帮扶学子开展了“一对一”面对面交流，详细了解了孩子们的学习、生活、家庭等情况，并鼓励他们要树立克服困难的信心，告诉他们只有克服困难、认真读书才可以摆脱困境，让孩子们切身感受到航电人的温暖和关怀。期间，还集中观看了爱国主义电影《八佰》，激发了孩子们的爱国热情，勉励他们珍惜时光，勤学、苦学，取得更好的学习成绩。

一次科技主题的大学之旅

既然是“科技行”，必然少不了带领孩子们前往电子科技大学、电子科技博物馆、电子科大航模协会进行参观。在电子科技大学，孩子们聆听了航空航天学院曹老师讲授的“走进信息时代的航空航天”科普讲座，近距离地感受电子科技的无限魅力。

一场同龄人的学习交流

在金牛实验中学，开展了一场同龄人的学习交流。金牛实验中学的 5 名同龄同学热情地带领白腊苗族乡的 9 名学生参观了金牛实验中学的教室、实验室，分享了“立人教育”的校训，一起体验了 VR 实景和 3D 打印，交流了学习方法，还为每位“科技行”的同学赠送了书籍，并写下了勉励的寄语。

一场探索科技魅力的研学游

当“科技行”的同学们走进四川科技馆，欣喜若狂，迫不及待地通过观看、体验、触摸、操作等多种方式了解四川科技馆“三问”（问天、问水、问未来）“三寻”（寻知、寻智、寻迹）“三生”（生命、生存、生活）的科学知识，探索科技原理，感知科技的魅力，每一个项目都给同学们带来了无限乐趣，也让同学们感受到了科技给生活带来的改变和乐趣。

一场扶志励志的沙龙

围绕“梦想”主题，电科航电为孩子们开展了一场“大爱电科 航空筑梦”沙龙。同学们分享了这次“科技行”的收获、感想，畅谈了自己的梦想，理解了“为何读书如何读书”，深谙“知识改变命运”的道理，孩子们纷纷表示，“回去之后好好学习”。

临别之际，电科航电为同学们送上了帮扶金、书包、学习用品、平板电脑、飞机模型等，勉励他们回去之后要刻苦学习，健康成长，努力成才，长大后回报社会，建设祖国。

有梦才有远方。此次“科技行”活动丰富了大山里贫困学子们文化生活，开拓了孩子们的眼界，拓展了孩子们的思维，使学生们对知识产生憧憬，对大学生活产生向往，进而激发努力学习、走出农村、改变命运的内生动力。不仅如此，还激发了孩子们对科学的热爱、对未知的渴望、对知识的向往，感受科技的魅力，点亮心中的科技梦想。

这是一次科技筑梦、点亮未来的研学之旅

罗文宜

2019年8月，中国电科开展了“‘心连心，手拉手，科技筑梦，点亮未来’2019年革命老区、对口扶贫地区青少年走进电科”主题活动，来自福建长汀、四川叙永和陕西绥德的44名优秀青少年、8名带队老师齐聚成都，完成了一次奇妙的研学之旅。

此次研学活动由中国电科集团公司与长汀、叙永、绥德三地政府主办，中国电科天奥等单位共同承办。

开营仪式上，中国电科职工与52名师生齐聚一堂，畅诉共建深情。为欢迎孩子们的到来，中国电科特地准备了书包作为礼物。

科普讲座，丰富了孩子们的学识

在电科天奥，52名师生与天奥32名职工子女一起走进中国电科，学习航空航天知识，感受祖国快速发展的科学技术，开展团队建设和互动交流，增进了解、建立友谊。讲解老师使用孩子们更易理解的图片、视频，并在讲解之中穿插典型案例、问答互动和科普实验，有效提升了讲座的趣味性。直升机、战斗机、运输机、客机……成功吸引了孩子们

的眼球。

“快看这个是歼－20!”

“它是隐身的!”

“我们好像是坐 A320 来成都的!”

……

研学活动，开阔了孩子们的眼界

在都江堰，孩子们过夫妻桥、观鱼嘴、登秦堰楼、游二王庙，了解都江堰的历史人文，感受都江堰的壮观宏大。

在大熊猫保护研究中心，孩子们一睹憨态可掬的“国宝”真容，还认识了九节狼、黑熊等国家保护动物，在专业讲解中学到了有关动物的科普小知识。

在四川科技馆，孩子们体验了航天互动游戏，了解了航天员训练的艰辛；沉浸式“生命起源剧场”了解生命的起源与演进；“回声管”了解了声学原理；“高压放电”体验了解了雷电产生的原理……

团建活动，强化了孩子们的团队意识

团队建设是增进团队感情、促进团队合作、提升团队凝聚力的重要途径。研学期间，孩子们分别组成“奇云队”“蓝天小队”和“西北狼队”。三个小队团结协作，先后完成了协力建塔、团队拼模、扩展多米诺骨牌、搭建罗马炮架、制作水火箭等挑战，在实践过程中学习科学原理，在游戏环节里增进了解。

结营仪式，离别时分，孩子们依依不舍，相互拥抱，表达着对老师们的感谢。

此次研学活动的开展，彰显了中国电科作为中央企业的履责担当，体现了中国电科对革命老区和对口扶贫地区的深情厚谊。未来，中国电科将坚持用发展成果回馈社会，致力于社会公益事业，积极助推革命老区和对口扶贫地区的经济发展，持续推进“志智双扶”工作，实现与社会的和谐发展、共同进步。

听听他们怎么说

长汀县汀州小学吴欣芸：“参加成都之旅是收到过的最好礼物”；

长汀四中张乐媛：“珍藏在记忆长河里闪闪发光，永不褪色”；

叙永县黄坭镇中心小学王伟：“我非常喜欢送我的这个书包，它比我原来那个好看多了！”

叙永县白腊苗族乡高峰学校李兰：“科普讲座探讨了我国许多先进的科技，让我深切感受到祖国是何等强大。那些光荣灿烂的历史深深地刻在我脑子里，我一定会好好学习，将来报效祖国！”

叙永县白腊苗族乡天堂村小学万菲：“我结识了来自长汀和绥德的朋友们，我们的关系更亲密了，活动中我学会了团结勇敢。”

叙永县江门镇高家村小学赵青青：“等我有能力了，也会像中国电科还有关爱我们的人一样帮助别人、送去温暖”；

叙永县白腊苗族乡莜田学校李燕树：“外面世界真的很大，原以为自己非常棒了，和外面的比，完全不值一提。所以要走出大山，要加倍努力学习，不断地进取，争取让自己更优秀。”

绥德县实验中学刘沛雯：“四川科技馆带我探索了很多以前不知道的事情，丰富了我的阅历，也让我体验到了知识的乐趣。”

绥德县明德小学张恒铭：“不舍离别，也许你会觉得我不是男子汉，但是我实在忍不住，可能是友情分量太重的缘故吧。”

情系老区，科技筑梦
中国电科助力长汀老区发展再出暖心招

陈　楠

扶贫先扶志，扶贫必扶智

2018 年 8 月 13 日 ~ 18 日，由中国电科集团公司和长汀县政府主办，11 所等单位承办，邀请长汀革命老区的孩子们走进北京首都，进行为期一周的“电科老区心连心，科技筑梦手拉手”老区青少年走进中国电科活动。

京城八月，暑意正酣，几个身着“大爱电科”服装的年轻人早早守在出站口，那熟悉的红色 logo 在熙熙攘攘的北京西站显得分外醒目。远远地看到一队少年拖着行李朝这边走来，孩子们的脸上不时闪现出好奇而又紧张的神情。

“欢迎同学们来到首都北京，来到中国电科，电科就是大家在北京的家！”几句质朴的话迅速拉近了彼此之间的距离，孩子们围上来七嘴八舌地讲起来：

“首都的人真多啊，这是我长这么大见过的最多的人！”

“我从没有离开过长汀，更没有坐过这么久的火车，太刺激了！”

“中国电科是做什么的？”

“一直都想来首都北京，今天终于实现了，我一晚上兴奋得睡不着！”

……

自2014年起，中国电科启动支持福建龙岩革命老区军民融合发展工作。按照“优势互补、互惠互利、合作共赢、长远发展”的合作原则，中国电科与龙岩市在党性教育、人才交流、技术支持、供应链合作、产业落地、智慧县城建设等方面开展了立体化、多维度的合作，取得了良好的政治、经济和社会效益。

扶助老区发展不止于此

“志智双扶”是电科扶贫工作的一大特色，几年来不断取得亮眼成绩。在为革命老区输血焕发新活力的同时，如何为老区青少年提供更多“开眼看世界”的机会始终是中国电科的心上事。

开营仪式，开启科技之旅

2020年8月13日，“电科老区心连心，科技筑梦手拉手”老区青少年走进中国电科活动在中国电科11所举行启动仪式。来自长汀革命老区的县政府领导、24名师生与中国电科的干部职工代表欢聚一堂，畅叙共建情深。

“电科老区心连心，科技筑梦手拉手”，中国电科希望老区的孩子们能够通过一周的活动领略首都北京浓厚的历史文化氛围，体会科技发展推动社会前进的巨大力量，感受祖国快速发展的伟大成就，进而从少年时代就树立起远大的理想目标。

长汀县政府副县长廖凤英表达了长汀县委、县政府和53万长汀人民对中国电科的感激之情，希望老区学子通过此次研学活动树感恩心、立成才志。

启动仪式上，中国电科11所还特别为老区的孩子们送上了书包、

《王小谟传》、科普图书和电科小推定制 U 盘等礼物。

研学活动，拓宽思维眼界

中国电科为老区学子们精心准备了科技课堂，中国电科首席专家赵建忠为孩子们讲解了光学的基本知识，并通过生动的举例引导大家要养成科学用眼、保护视力的好习惯。研学活动还邀请了北京市西城区的骨干教师为大家带来一堂生动的实验课，在动手操作中让同学们体会创新的无限潜能，不仅激发同学们的探索兴趣，也为两位带队老师提供了教学观摩和交流的机会。

电科国际作为集团公司社会责任示范基地和爱国主义教育基地，成为同学们研学活动的重要一站。大家在志愿者的带领下近距离接触到了祖国的国防电子装备，感受中国电科的快速发展和雄厚实力。

在庄严神圣的天安门广场，留下了同学们和电科志愿者与星月相伴早早守候的虔诚；在国旗与旭日同升的时刻，点燃的是少年们心中不断升腾的报国之志。

在气势磅礴的故宫博物院、在古老的天坛祈年殿、在让人目不暇接的中国国家博物馆、在得天地精气及人文华彩于一身的清华园，同学们探访灿烂辉煌的中华文明，了解中华民族复兴之路的来之不易，感受中国最高学府厚重的人文气息。

在军事博物馆、科技馆、天文馆，在鸟巢和水立方，大家通过体验、观摩、听导游现场讲解等方式，感受着伟大祖国日新月异的变化，感受着科技发展带来的美好生活。在这一场场研学中，同学们的眼界更加开阔、目标更加清晰、志向更加高远。

分别时刻，细数点点滴滴

活动迎来分别的时刻，老区的师生们自发地发来了一周研学的各种感悟：

长汀师范附属小学　熊子钦：此次北京之游对于我来说意义非凡，作为队里最小的队员，能一览首都北京的风采是我的荣幸。在这里，我欣赏了美丽的798艺术区，参观了一个个博物馆、科技馆，既看到了古代人民的聪明才智，又看到了现代科技发展的迅速。在这段时间里，我所看到的、听到的、学到的，都令我受益匪浅。

长汀县第三中学　许倩瑜：我们只是来自小县城的学生，却也希望体验北京首都的风采，感谢中国电科为我们创造了这次机会，欣赏最美的首都风光，遇见最美的你们，再次谢谢你们。很快就要告别了，我们永远不会忘记这次研学活动，也一定会为自己的未来而努力！

长汀县第三中学　林欣宁：衷心感谢各位领导、老师、志愿者、导游、队医：你们辛苦了！感谢这次走进电科活动，让我们有了参观北京的机会，感受中华文化的博大精深。短短几天，我收获了许多知识，真真切切地感受到了祖国发展的成就，也收获了许多快乐和喜悦，这些都是我永远也不会忘记的宝贵回忆。

长汀县第四中学　谢明谕：中国电科给我们提供这次研学是为了给我们创造一个更好的环境来学习，学好知识以后能贡献于社会，做有用的人。我认为我们应先学会感激，只有先拥有感激的心才会有回报的行动。其实很多时候，感恩不在于回报什么，而是在自己与社会、他人之间创造一种互相影响的友善的氛围。工作人员们在帮助我们时并不是希望我们以后能回报他们什么，他们只想将心中的那份关爱传递给我们。最后衷心祝愿中国电科兴旺发达；祝愿工作人员万事如意。

长汀县第四中学教师　谢继英：此次北京之行，不仅让孩子们和我们领略了北京的美丽风光和知识的博大精深，更有你们的盛情款待、悉心照顾，让我们感受到家的温暖和家人般的关怀。因此让我再次向你们表示衷心的感谢！同时也请你们代为转达我们对贵公司领导的感谢之情：谢谢各位领导对孩子们的关心和爱护！谢谢大家给了我们一次难忘的北京之旅！

殷殷深情寄老区，科技筑梦远航程

“走进电科”活动见证着中国电科为社会创造价值的坚定决心，彰显着中国电科人的深情厚谊。

未来，中国电科将坚定践行企业社会责任，继续关注革命老区、贫困地区学子的“志智双扶”工作。

中国电科夏令营
让老区孩子“科技一夏”

白　洁

2018 年 8 月 6 日 ~10 日，陕北老区近 100 名优秀儿童少年代表受中国电科 15 所邀请，走进首都北京，走进中国电科，进行为期一周的夏令营活动。

“放飞梦想”，是这期夏令营活动最亮丽的一抹色彩。

“志智”双扶，为老区儿童插上梦想的翅膀

一直以来，中国电科党组始终将扶贫工作作为集团公司重要的政治责任和社会责任，高度重视、全情投入、因地制宜、精准帮扶、集中力量、综合施策、发挥优势、突出特色，各项工作都得到了地方政府、上级机关的好评。陕北老区对中国革命作出了巨大贡献，是中国电科的重点扶贫地，绥德即是中国电科定点扶贫对象。

“扶志”“扶智”与“扶业”相结合是中国电科扶贫工作的鲜明特点。

少年强则中国强，青少年是祖国的未来和希望。此行，正如活动主题命名——“放飞梦想”，中国电科希望激发老区少年儿童的家国情怀，为孩子们打开一扇通往世界的窗户，让孩子们在首都科技行中增长知识、开

阔视野、提高素质，激发孩子们不断追求理想和奋发向上的热情，立下奋斗的志向，将来成长为国之栋梁，为老区、为社会、为国家多做贡献。

“扶志”，须辅以“扶智”。中国电科作为网信事业国家队，在网信科技领域具有众多新突破、新发现。本次夏令营，中国电科特别安排了15所高级专家屈涛为孩子们进行计算机网络知识授课，以生动活泼、通俗易懂的言语，带领孩子走进浩瀚的网信海洋，领略未来科技的动人身影。此外，中国电科还给孩子精心准备了一份特别的礼物——《王小谟传》，以著名雷达科学家的先进事迹、感人精神，点燃他们科技强国的梦想。

精心组织，为孩子们开阔视野贴心护航

开阔视野，是孩子成长成才的重要途径。

本次活动为期一周的北京行，中国电科带领孩子参观了天安门、故宫、国博、卢沟桥抗日战争纪念馆、科技馆……一系列文化圣地、科技场馆，带领孩子们感受了中国灿烂的历史文化，当代军事发展、科技腾飞，激发了孩子们的爱国主义情怀、对科技创新的兴趣和对未来美好生活的向往和奋斗激情。

“此次北京行，看到了很多以前在课本中了解到的地方，增长了见识，感受到了祖国的繁荣，亲身体会到了科技的强大力量，也激发了我们奋发向上的斗志！”来自陕北老区的初中学生李浩海说。

为了带孩子们到天安门看升旗，凌晨两点多，15所党群工作部工作人员就已经开始忙碌，将温热的早餐、备用水、雨衣等一一发放到孩子们的手里。即使是睡眠严重不足但也没有丝毫的倦怠，只为孩子们有一段美好的体验。

“当我看到毛爷爷的遗像，看着他慈祥的面孔，想起他艰苦奋斗，与敌人斗智斗勇，最终引领我们走向民族独立的艰苦岁月，更加深刻感受到

现在的美好日子来之不易。我们要好好学习，报效社会，不辜负老一辈革命家的汗水和牺牲。”参观毛主席纪念堂的张珉敏同学说。

在故宫，孩子们深刻感受到了我国灿烂的历史文化。“这里有一种独特的、令人震撼的美。使我不由得赞叹中国古代劳动人民的智慧，也为我们中国的历史所骄傲。”李小梅同学发出这样的感叹。

游览过程中，导游富有感情的讲解，使得早起的孩子们竟然无一个闭眼休息的，他们跟随导游的解说，仿佛回到了那个烽火硝烟的战争年代，回到了火烧圆明园触目警醒的现场，或是惋惜感叹或是眉头紧锁细细思索。

卢沟桥上，他们脚步是轻的，像是抚慰牺牲在此的灵魂，他们脚步又是坚定的，像是坚决抵抗一切侵略。

抗日战争纪念馆展馆内，面对抗日历史文物，他们或注目所思，或拍照记录，有的孩子甚至拿出了自己的笔记本记录所见所闻所感。

行程中，一名同学因高温突然鼻血不止脸色苍白，随行的医生立刻打开医药箱，为她擦拭，冰敷。一声声亲切的询问，一句句温柔的关心，一瓶瓶递来的冰水。在工作人员的悉心照料下，女孩脸上渐渐呈现出健康的红晕。

为开拓学生们视野，感受科技的魅力，此次行程特别安排了太极园区和中国科技馆、天文馆及军事博物馆的参观。

高靖同学感叹15所是一个放飞梦想的舞台“当进入太极科技园区后，不禁为我国所拥有的这些科技力量所自豪，这些让人遐想的科技激发了我的斗志，以后十分想来15所奉献自己，创造出更多价值”。

来到了科技的殿堂，同学们去各个陈列台、演示台、实验台、体验区去探索世界，汲取营养。“一直觉得科技是很高大上的东西，今天看来原来它们就在我们的身边，在科技馆里回顾了自己的知识，也收获了更多。”

郝泽阳同学感叹道。

军事博物馆的真实战机、坦克、机关炮极大地吸引了学生们的目光，“太霸气!”一名同学叫道，忍不住在战机前拍照留念。

老区随行老师刘银堂表示，此次“放飞梦想”老区儿童科技行夏令营活动组织到位、安排合理。不仅培养了学生们的爱国热情、家国情怀，还激发了学生们的科学精神和创新能力，对学生们树立远大理想具有重要意义。十分感谢中国电科给老区孩子们提供了这样难得的机会。

大爱电科，你的梦就是我的梦，让我们一起携手实现

陈清杰

“看到眼里充满期望的孩子们，我的心里充满了感动，因为贫穷或者某些特殊原因，他们丧失了很多同龄人应有的生活，但却从未放弃过对知识的渴求和对美好生活的向往。爱，从不卑微，或许，我们今天的善小举动就会影响他们的一生。”来自中国电科天奥 10 所的爱心资助人代表潘皓深情地说。

2015 年 6 月 30 日，由中国电科团委主办，电科天奥、29 所、30 所、电科航电共同承办的“点亮科技梦想——大爱电科助学助教科技志愿活动”来到叙永白腊乡，29 名贫困学子与中国电科的爱心员工结成一对一的助学帮扶对子，一场以科技为主题的志愿活动吸引着孩子们的目光，大人和孩子们共同参与一场用爱心与责任浇灌的温暖聚会。电科天奥、29 所、30 所、航电公司团委书记及爱心员工共计 40 余人参加了本次活动。

本次活动是为更好地落实中国电科对口四川叙永县的扶贫规划，推进“大爱电科”青年志愿者活动品牌与社会责任建设的融合落地，充分发挥中国电科的社会担当和良好的社会公民企业形象。“点亮科技梦想——大爱电科助学助教科技志愿活动”是集团公司对口四川叙永县扶贫特别是教

育扶贫的重要内容。

启动“梦想1+1”助学帮扶结对

第二批29名贫困学生成功联姻梦想守护人

2015年，中国电科在四川叙永白腊乡的亮窗口小学、高峰完小、红十字小学、中心小学遴选了29名受资助的学生，并在电科天奥、29所、30所、航电公司公开招募爱心资助人，活动得到了四个单位广大员工的积极响应，踊跃报名人数大大超过了对接学生数量。根据计划，大爱电科每年将在助学实践基地遴选家庭贫困、读书上学确实存在困难的学生，在中国电科内部招募有一定经济能力、愿意奉献爱心的员工和家庭，做好贫困学生与爱心员工的一对一结对，根据学生的成长阶段和员工的能力意愿，每年为学生提供读书学习的经济支助和精神关怀。

12岁的杨蔓家里有3个人，家里只有爸爸一人外出打工且手有残疾，靠苦力养活她和妹妹。为了给奶奶治病，欠了不少钱，奶奶去世后，家里生活十分困难。正当她还在为能否继续完成学业苦恼的时候，电科天奥团委向全所发动倡议，其中有句话这样写道，“在多元化社会早已色彩纷呈的今天，我们未必要把不同的生活追求和选择进行价值排序，但因您的善举，将成就一个人的学业，改变一个人的命运，可以让一个可能失学的孩子成才圆梦，您的爱心，也必然会为您的生活增添一份温馨的感动，增加一份高尚而厚重的责任！因爱而美、因爱而动，我们真诚期待您的加入！”。电科天奥航空事业部响应号召，立即向她伸出了温暖的双手，在了解杨蔓的情况后，发动部门全体员工为她捐款，筹得上万余爱心基金，这些钱虽然不多，但着实能为杨蔓一家解决眼前的实际问题。此次电科天奥航空事业部钱义东、张力支、潘皓、荣建刚四名员工专门来到叙永，将240多名航空人的心意和祝福带到了杨蔓和她家人身边。

14岁的刘娟家住在叙永县白腊苗族乡亮窗口村六社1号，她的家庭成员共5人，爷爷、奶奶、伯父、弟弟。在她读三年级时，爸爸因病去世，妈妈狠心抛弃了她和弟弟，不知去向。爷爷72岁还要做农活，奶奶常年有病在身，弟弟读三年级，伯父已经45岁了，全家人就靠他种庄稼才有点收入，难以维持全家人的生活。刘娟告诉我们，她只希望快点长大，读书成才让爷爷奶奶的日子过得好一点，为家庭分忧。如此懂事的刘娟让在场的资助人为之心酸和动容。电科天奥基建处的钟敦荣把刘娟叫到身边，他手里一边拿着笔记本认真记录着刘娟的联系方式和她的困难，一边向她转告电科天奥的叔叔阿姨对她的问候，鼓励她快乐学习和成长，电科天奥的叔叔阿姨是她的坚强后盾。幼小的刘娟一边看着钟敦荣在笔记本上不断书写的字迹，一边不住地点头，她告诉钟敦荣自己一定不辜负电科天奥叔叔阿姨对她的嘱咐和期望！

普及航电知识 立志报效祖国

为孩子们筑起远大的航空梦想

现场气氛温暖感人，孩子们朴实的求学愿望和艰苦的学习环境给大家留下了深刻印象。在收获爱心的同时，来自电科航电的工程师张梁还为小朋友们带来了一场别开生面的航空科技讲座，张梁从人类飞行之梦开始，带着小朋友们深入浅出地学习了“木鸟到飞机，飞机是个啥样子，高超声速飞机，我的航空梦”，让小朋友们更好地了解中国电科所承担的国家使命，并以“古人可笑的航空梦想 给我们进步方向”激励他们在艰苦的条件下不要轻言放弃，电科的叔叔阿姨将帮助你们一起实现自己的人生梦想。

“现在请各位小朋友猜猜，图上标注的位置是飞机的哪个部分呢？说对了就能得到一份小礼品哦”，张梁在向小朋友普及科学知识的同时，不忘设计互动环节，真可谓煞费苦心。“这是机翼！我知道”，罗付勇小朋友踊跃举手，他答对了！台下顿时涌动起来，一旁的刘娟一时答不出来，着急地不知所措，这时，一旁的资助人张力支悄悄在旁边给她支招，把答案告诉了她，她犹豫再三，在张力支的鼓励下，勇敢地举起了双手。此时，孩子们和资助人之间的距离更进了一步！在收获知识的同时，更收获了一份亲情！

爱心助学是一项用心、务实而艰苦的工作，希望我们的每一份爱心，都会给孩子们带来温暖、带来坚强、带来信心、带来激励，并化为孩子们日后成为国家栋梁之才的巨大精神力量；也希望通过我们的活动，推动集团公司大爱电科和社会责任工作的有效落地，激励更多电科人秉持爱心，对扶贫公益事业倾注更多的关注和支持，用一个个踏实的小行动来呼应大爱电科的大精神和大作为。

用脚板丈量“短板”以真情帮扶双溪村

张　星

“张书记，你好呀！我刚去山里看看苗苗们长得咋样了，让你们久等了。这位是我的帮扶人小彭吧？感谢你们关心哩！”87 岁的贫困户谌爷爷，刚走出种着黄精的自家山林，便一眼认出了自己的结对帮扶人并喊出她的名字，我们在感到惊喜之余，更多的是感动——老人记不清自己孙儿在哪打工，但却记得我们、记得中国电科。

这一幕，发生在电科装备党委定点帮扶村——湖南省安化县东坪镇双溪村。

双溪村位于湖南省安化县西北方向的大山之中，连绵不断的高山陡峭险峻，两条蜿蜒的小溪在山脚穿行，村民依溪傍山散居于狭窄的平地和陡峭的山坡上，人均有效灌溉土地面积不足 1 分，虽有大片山林但稀少的用材林需要 30 年左右才能成材，靠这些自然资源来养活全村 1580 余人是完全不可能的。为了生计，青壮劳动力大多外出务工，双溪村成了典型的“空心村”。村集体既无田土又无山林，集体收入长期空白。“晴天一身灰，雨天两脚泥；夏天水毁田，冬天雪封山；有病没钱看，有书不愿念；家住在深山，吃饭要问天；干部喜欢干，咱就靠墙看……”这个顺口溜是过去双溪村的真实写照。

为了打赢打好脱贫攻坚战，2018 年以来，电科装备党委派出扶贫工作队驻村帮扶，捐赠扶贫资金 60 万元、捐建 51. 1 千瓦光伏扶贫电站，高管多次到村走访调研、现场办公，干部职工热情开展消费扶贫和结对帮扶活动……通过中国电科两年多的用心用情帮扶，换来群众的幸福生活，水、电、路、网、房、环境整治“六到农家”，扶贫工作队得到村民真心拥护和一致好评，精准扶贫助推山乡巨变!

在电科装备党委的带领下，驻村帮扶工作队下苦力气，通过挨家挨户无差别、全覆盖实地走访，用脚板丈量出“短板”，为精准扶贫、精准脱贫奠定坚实基础。两年来，工作队共召开屋场会 26 次，深入村民家中，把村民的关切记下来、放心上，带着村干部有的放矢地治痛点、攻难点、疏堵点，步步为营地抓党建、强弱项、补短板、促脱贫。驻村帮扶工作队整合财政涉农资金超 5000 万元，完成道路拓宽硬化 20 余公里，新修公路桥 3 座，新建易地搬迁集中安置小区 1 处，建成文化广场 2 处，捐建光伏电站 1 座，企业教育助学全村覆盖，人畜安全饮水、电网改造升级全村覆盖，全村易地搬迁 47 户 191 名贫困群众乔迁新居，危房改造 26 户 96 名贫困群众安居乐业……为最大限度帮助贫困人口持续稳定增收，工作队经过审慎考察，敲定安化县“梅山一品”熟食土猪养殖专业合作社、安化县土龙中药材种植专业合作社、安化县阿丘中药材种植专业合作社，与全村贫困户签订委托帮扶或直接帮扶协议，为全村免费提供土鸡苗 9800 余只、中药材黄精种苗 1760 公斤、复合肥 436 袋；贫困群众人均产业增收 4400 元。扶贫工作队用白加黑、五加二、吃住在村的真心实意和真抓实干，换来了村里翻天覆地的变化，村民看在眼里、乐在心头；贫困户脱贫动力更足，不再“等靠要”，非贫困户也更加理解支持村里的工作，群众纷纷竖起大拇指：“电科装备的扶贫干部是干真事、真干事的!”。

“产业扶贫是稳定脱贫的根本之策”。电科装备多年深耕太阳能光伏全产业链，在光伏扶贫投资建设领域拥有大量的成功案例和丰富的项目经验，发挥自身专业优势在双溪村集中安置项目屋顶援建分布式光伏电站，不占用林田且光照条件更好，不仅有效改善能源结构，而且有利于贫困村稳定脱贫。村级电站产权归村，收益直接到村，每年产生稳定收入，极大地增强了村集体经济的“造血”功能；村集体有了收入，又可以进一步增强村两委在群众中的威信与为民办事的能力。2020 年 5 月，承载着电科装备对定点帮扶贫困村“脱贫致富奔小康”美好寄望的 51.1 千瓦光伏扶贫电站成功并网，每年可为村级集体带来稳定收益 2 万元，是精准扶贫、精准脱贫的生动实践。

正值脱贫攻坚决战决胜之时，年初抗击新型冠状病毒疫情成为“临场加试题”。在抗击疫情的阻击战中，驻村帮扶工作队主动放弃与家人团聚，大年初六辗转奔赴双溪村，连夜召集村两委、党员组长落实政府工作要求，做好外出务工人员的后勤保障和村民日常生产生活保障，在脱贫攻坚、疫情防控、春耕复产三条“战线”全面开火，用赤子之心守护了双溪村的平安祥和。

全面建成小康社会，是我们党的庄严承诺；消除绝对贫困，是中华民族的千年夙愿。电科装备党委用真抓实干践行初心使命，使双溪村在 2018 年底顺利退出贫困村序列，得到了村民和社会的充分肯定。

大山深处“种太阳”

汤佳硕

在湖南省湘西土家族苗族自治州泸溪县浦市镇长坪村的山坡上，一排排整齐铺设在机架上的光伏发电板在阳光下熠熠生辉。

“这刚装上的光伏电站，在这小小一亩地上，一年能发 6 万多度电呢，能为咱们村每年增收 6 万元!”村委会李主任指着不断跳动的数字电表，乐呵呵地告诉我们。

光伏扶贫是产业扶贫的重要抓手。中国电科基于在光伏产业“装备 + 产业”的核心能力，积极在脱贫攻坚战中履行央企的责任与担当，将扶贫足迹覆盖到了湖南省、山东省、内蒙古自治区，累计承建村级光伏扶贫电站建设突破 1200 个，每年可发电 5760 万度，创造售电收入约 4600 万元，实现了从“输血”到“造血”的转变。

因地制宜，走出光伏扶贫新路子

面对湖南以中地区低山与丘陵为主，复杂多样的地形，选择合适的光伏电站模式，成为开展光伏扶贫必须面对和解决的难题。中国电科根据光伏发电建设条件，因地制宜地选择了光伏扶贫建设模式和建设场址，结合农业、渔业等开展了多种“光伏 +”应用，为光伏扶贫走出了一条新路子，最大限度地保障了贫困户获得稳定收益。

农光互补，发电种田两不误

2020 年 5 月初，常德市桃源县东山村种植的 8 亩油菜已到丰收的季节，安装在上方的光伏电站初见轮廓，电站投入使用后，预计年售电收入可达到 33 万元，将给村里带来可观的经济效益。在电站建设中，中国电科通过专业支架将“农业种植”与“光伏发电”有机结合，真正实现了“棚上太阳能发电扶贫、棚下农业种植惠农”的集约用地新模式，为湖南省光伏扶贫和农村分布式光伏发电项目的建设提供了较好示范。

渔光互补，上可发电、下能养鱼

芳草萋萋，流水潺潺，平日里安静的永州市双牌县泷泊镇九甲村小河边，正是一派热闹景象。时值光伏电站紧张的建设阶段，项目负责人龚鑫源正指导工人进行组件安装……

渔光互补电站充分利用了九甲村水域面积较大的优势，在节约当地有限耕地资源的同时，通过在鱼塘水面上方架设光伏板阵列，在发电的同时为养鱼提供了良好的遮挡作用。

荒地光伏，荒山变“金山”

阳光洒在新田县骥村镇黄栗山村的山地上，一排排蓝色的光伏电池板堆砌起错落有致的“梯田”，为昔日的荒山披上了“新妆”，正源源不断地把太阳能转化为电能。黄栗山村是新田县脱贫攻坚的 125 个贫困村之一，原有建档立卡贫困户 176 人。2016 年，为加快该村的脱贫步伐，新田县县委、县政府将该村列入光伏扶贫项目试点建设村，经过前期建设，黄栗山村光伏扶贫工程已投入运营。目前该村因此项目有了集体收入，176 名贫困户也因光伏扶贫项目的实施共同分享光伏扶贫带来的“红利”。

标准行囊，用脚步丈量出的扶贫路

光伏扶贫电站单体小、分布广，从任务下达到并网周期短，这往往要求项目团队在短时间内保质、保量地完成项目现场勘测、技术方案、费用预算及设计出图等任务。一台笔记本、一个卷尺、一叠资料，简单的换洗衣物是这群“光伏人”出差在外的标准行囊，一天奔波300公里，手机通话记录100条以上已成为他们的工作常态。

武冈市光伏扶贫电站是电科装备在邵阳市建设的扶贫电站之一，项目部3个90后的小伙子扛起大任，克服场土层坚硬不利打桩、场地面积紧张等各种困难，调遣技术过硬、经验丰富的团队，赶工期、抢并网，一个半月完成了3个点共计7.56兆瓦的工程建设任务，并具备并网条件，成为该地区3家EPC单位中进度最快的一家，诠释了电科人冲上山顶论英雄的价值信条。

在脱贫攻坚决战的决胜之年，中国电科满怀激情在大山深处“种太阳”，用脚步继续丈量着湖南14个省市州的扶贫路，继续用行动践行央企责任担当，为坚决打赢脱贫攻坚战而不懈努力。

抢抓春耕农时，抢种黄精种苗

张　星

2020 年 3 月 19 日，一辆装满黄精种苗的货车驶进湖南省益阳市安化县东坪镇双溪村，村干部组织该村贫困户以组为单位，分批错峰、保持间距、戴好口罩，前来村民服务中心领取黄精种苗。

“土壤要质地疏松，特别是保水力好的土壤或砂质土壤为宜。于播种前进行土壤耕翻，耙细整平作畦。按行距 50 ~ 50 厘米、株距 50 ~ 50 厘米、深 12 厘米……”，县科协专家在现场仔细为村民们讲解黄精种植技术。

“立春一年端，种地早盘算”。春节以来，电科装备 48 所驻双溪村帮扶工作队与村两委坚守岗位，在落实新冠肺炎疫情防控工作的同时，早谋划、抓落实，积极引导村民开展春耕备耕工作，确保疫情防控和脱贫攻坚“两手抓、两促进”。

“林下种黄精，遍地是黄金”。经过综合比较、反复考量，工作队认为安化黄精获评“国家农产品地理标志产品”后，在双溪村因地制宜发展黄精林下种植，大有可为。春节前，双溪村第一书记、扶贫工作队队长张星与村党组织书记陈立友，通过县科协举办的“科技助力精准扶贫”种植技术培训班，专门请来阿丘中药材合作社负责人贺固定到村培训，村民们特别是贫困群众对此很感兴趣，围着专家询问种植技巧。

疫情防控抓得紧，但春耕农时更不能耽误。双溪村一手抓疫情防控不松懈，一手抓农业生产不松劲，在种植节令抓紧备耕生产，全面投入复工复产。扶贫工作队与村支两委克服困难，多方联系，为双溪的贫困群众免费提供了优质黄精种苗，坚决打赢脱贫攻坚战。

真情暖人心！结对帮扶天峰坪村

闫锦鹏

2019年12月的天峰坪村，寒风呼啸，白雪皑皑，村庄一片白茫茫。然而，寒风阻挡不住关怀的脚步，严寒也冷却不了温暖的慰问。在2019年元旦、春节到来之际，电科网安结对帮扶责任人组成扶贫队，前往天峰坪村开展“双节”送温暖活动。

自2019年4月9日驻村帮扶工作队正式进驻天峰坪村以来，电科网安始终贯彻落实精准扶贫政策，践行央企社会责任，完成驻村工作队日常工作的同时，通过设立“爱心超市”、开展结对消费扶贫活动等创新模式，为天峰坪村的脱贫攻坚奉献力量。此次的“双节”送温暖活动，既是对近一年来帮扶工作的总结回顾，也是为明年重点扶贫工作部署打好基础。

电科网安扶贫工作队走访慰问了结对帮扶的贫困户，将米、面、粮油等慰问品交至大家手中，并亲切地与贫困户拉家常，认真倾听大家在生活中的困难和对帮扶工作的建议，详细了解他们的生活、健康情况，鼓励他们树立信心，保持乐观向上的精神状态。

活动期间，电科网安扶贫工作队还为天峰坪村“爱心超市”举行了揭牌仪式，根据“爱心超市”的实际情况，明确了下一步“爱心超市”的运行流程，同时向天峰坪村民致以节日的问候。电科网安表示，今后将继续认真履行社会责任，积极落实脱贫攻坚工作，把关怀温暖送到困难群众的心坎上，在党和政府的领导下，与村委和村民一起努力，早日实现脱贫。

毕业季，电科网安这样为叙永学子加油

赵　明

2020年7月初，电科网安2020年度“春雨计划”助学金捐赠仪式与技能人才双选会在叙永职高举行。电科网安向叙永职高捐赠了10万元的“春雨计划”2020年度帮扶金。

“春雨计划”是由电科网安党委领导，叙永县政府、网安扶贫办指导，网安团委牵头策划和实施，叙永职高参与执行的青少年教育扶贫专项工作，内含“筑梦、追梦、圆梦”三大工程，探索教育扶贫的创新路径，为叙永贫困地区学生搭建通往梦想的桥梁。

“筑梦工程”设立“筑梦网安”励志助学金，颁发给品学兼优的贫困学生，激励学生筑梦前行；

“追梦工程”策划青少年教育培训专项，以技能大师、行业专家、知名教师等为基础，聘请“追梦导师”具体参与培训指导，同时开展“追梦夏令营”择优选取学生赴成都开展专业培训，进驻企业进行岗位锻炼，专项拔高学生的专业水平；

“圆梦工程”动态追踪在“筑梦网安”奖和“追梦夏令营”的学生情况，建立“圆梦人才库”，协调相关资源为学生搭建就业的平台和桥梁，助力学生圆梦人生。

“春雨计划”已实施一年有余，电科网安与叙永职高在不断合作、增进交流、推进工作落实的过程中建立了深厚的友谊。“春雨计划”的实施对叙永职高学子起到了积极的引导和激励作用，同学们的精神面貌焕然一新，在学习中和生活中都更加刻苦、更加努力，而此次开展的“春雨计划”首场技能人才双选会，也进一步推动了“春雨计划”追梦工程与圆梦工程的落实。

电科网安自2019年10月后，再次来到叙永县黄泥镇轿子村小学，为学生们送去书本、铅笔、乒乓球拍、羽毛球拍和跳绳等文体用具。

新闻深一度

2019年6月，电科网安启动“春雨计划”的同时启动了第一项工程“筑梦工程”，通过设立的专项助学金，向评选出的30名优秀贫困学生颁发了“筑梦网安”助学金。

2019年10月，电科网安启动第二项工程“追梦工程”，专门策划开展青少年教育培训专项工作，旨在帮助优秀贫困学生提升能力，择优选取学生赴成都进行专业培训，进驻企业进行岗位锻炼，专项拔高学生的专业水平，以更好地适应就业需要，用自己的力量创造价值。

足音铿锵，踏响隆化精准扶贫路

庄　芳

2020年2月29日，河北省隆化县正式脱贫摘帽。

这一令人振奋的成绩背后，凝聚着干部群众万众一心脱贫攻坚的坚定信念，也饱含着如电科网通54所作为中央企业坚定的责任担当和深沉的家国情怀。

承德市隆化县地处冀北山区，平均海拔750米，山场广阔，有“八山一水一分田”之称，是河北省十个深度贫困县之一。五年来，54所从产业帮扶、基础设施建设到教育医疗支持、走访慰问，每一项都扎扎实实地开展，一个个今非昔比的变化接连绽放在这片古老而又焕发着生机的冀北山川村落。

因地制宜兴产业，打造脱贫“新引擎”

为践行“绿水青山就是金山银山”的发展理念，54所驻上城子村工作队和村“两委”班子开拓思路，以全县打造的深山区可繁母牛繁育产业带为契机，积极寻找“百姓富”与“生态优”的平衡点，把肉牛养殖打造成生态富民的特色产业。通过政策优惠，吸引社会资本建设现代化规模养殖场，总投资1000多万元，实现60多户贫困户增收。

作为深度贫困村，上城子村的脱贫路汇聚了更多致富“金点子”。通过开展村级光伏发电扶贫项目，年平均发电量为30多万度，每年给村集体增加30余万元的收入，带动30多个贫困户。该项目已经再增容200千瓦的装机容量，投资180余万元。光伏发电扶贫项目的实施，为全村走上小康之路奠定了重要基础。

为推动妇女就业增收，驻村工作队努力搭建就业平台，宣传动员家庭手工业发展，鼓励她们掌握一项生存技能，找到一条增收渠道，真正实现家门口就业。目前，上城子村家庭扶贫微工厂已带动十几个家庭实现就业，年人均增收2万元，小康生活在她们的一针一线中创造。

基础设施强根基，山区村落焕新颜

看场沟门是上城子村的四个自然村之一，一条山沟将村子与外界隔开，是看场沟门连接外界的唯一通道。

每逢雨季，山沟变河沟，沟上没有桥，不仅阻碍了村民的出行，一旦遇到山洪极易发生危险。由于缺乏资金，建桥的事一直悬而未决。2018年，在54所扶贫资金的支持下，看场沟门过河大桥项目正式启动。施工期间，驻村工作队优先考虑贫困人口务工，为其提供增收机会，从细节上用真心，真扶贫。伴随着桥梁的顺利竣工，近百户村民出行难的问题终于得到解决。54所担起帮扶责任，将桥梁的一头连上“小康路”，而另一头连到了村民心里。

“扶贫工作要做在前面”，驻台营村第一书记王佩君说。台营村地势西高东低，汛期雨水多，对村东沿的庄稼影响大，为做好防汛工作，工作队对村东路两边堆积杂物进行清理，挖槽沟渠1000多米，将雨水引流至村东伊马图河，并加强河套清理和巡河检查，为村民安全和庄稼收成建起“屏障”。

几年时间，54所在上城子村和小台营村基础设施建设中写下了一串串透着“新”容颜的数字：2600 米村内道路硬化，1000 多米连通村子和河坝的水泥路，1000 多米挖槽通渠，78 盏路灯，2 个村文化广场，2 座便民桥，1 套无线广播站……

饮水安全、环境整洁、交通便捷、配套完善，两村基础设施和村容村貌得到显著改善，变成了更加宜居的美丽家园。

教育义诊双投入，我掬细流润民心

在步古沟镇西庙宫中心小学，54 所导航专业部市场部副主任李明为孩子们带来了一堂关于卫星导航的科学素养课。课程用通俗易懂的讲述、形象的模型和趣味的游戏，向孩子们展示着科技的奥秘。在孩子们的强烈要求下，原本 40 分钟的课程竟延长至 2 个小时。他们热切的眼神和意犹未尽的表情，如一颗种子，播种下对未来的无限期冀。

定点扶贫工作以来，54 所积极贯彻集团公司“大爱电科—梦想 1 +1”助学帮扶活动精神，将蕴含科技魅力的“电科蓝”精心涂抹在定点扶贫村孩子们心中那片梦想的天空。除科普课堂外，54 所捐赠室外活动设施和体育用品，电教助学设备、教学书籍、文具用品，衣物等累计 3000 余套（件）。

由于上城子村和小台营村地处山区，当地的生活条件、饮食习惯导致许多村民都患有不同程度的高血压。54 所派出职工医院义诊队伍，把送医、送药、送健康义诊活动办到了村民的家门口。54 所职工医院的医生们对村民们的日常保健、常见病、多发病的预防进行诊治和预防指导，帮助村民掌握基本的健康保健知识。义诊活动单次诊疗群众 100 余人，免费发放药品近万元。

“我虽然年纪大了，很多事情记不住，但是这几年村里越来越好了，这些变化我可是看在眼里的!”小台营村 89 岁抗美援朝老党员史林祥说。

从全面完成脱贫目标，到巩固精准脱贫成果，扶贫工作只有起点，没有终点。54 所扶贫工作还在持续不断攻坚克难，为夺取脱贫攻坚战全面胜利，为高水平全面建成小康社会贡献央企担当。

电科网通帮困助学，大爱电科温暖人心

申 婷 武 琼

扶贫必扶智。

2019 年 11 月，电科网通贯彻落实精准扶贫政策，组织开展“大爱电科—梦想 1 + 1”捐款助学帮扶活动、“大爱电科 · 背书进山”帮困助学活动，助力贫困地区孩子们接受良好教育，为阻断贫困代际传递作出贡献。

大爱电科，“点亮”贫困学子求学梦

电科网通 34 所组织开展了“大爱电科—梦想 1 + 1”捐款助学帮扶活动，贯彻落实精准扶贫政策，帮助绥德县和叙永县两个贫困县的部分贫困学子完成求学梦。

捐款现场，34 所干部职工近 400 人排起了长龙，捐款队伍覆盖了各类岗位，即将离退的职工也参与其中，有些职工因工作原因无法到达现场也委托他人进行了捐款，活动当天累计筹集捐款 20000 余元。

第六党支部和第三团支部主动担当，启动“梦想 1 + 1”助学帮扶结对，以支部整体名义对贫困学子进行一对一结对帮扶，提供读书学习的经济资助和精神关怀，直至高中毕业。

善款虽难以解决学生们诸多的生活困难，但爱心却能温暖人间。

背书进山，践行央企使命担当

电科网通50所盛同公司党总支组织干部职工前往安徽省宣城市泾县榔桥镇钟山小学，开展2019年度“大爱电科·背书进山”帮困助学活动，以实际行动践行初心和使命。

捐赠仪式上，50所志愿者代表为孩子们捐赠了爱心书包，并举行了“五零盛同爱心图书角”揭牌仪式。受赠学生代表在发言中对爱心举动表示了衷心感谢，表示将以饱满的精神投入今后的学习生活中，以优异的成绩回报社会。

期间，50所还为孩子们带来了一堂别开生面的科普课，与同学们分享了智慧路灯的知识，一起做了电灯电路连接的小实验。课堂上同学们认真倾听，积极动手，收获良多。

本次活动是50所继福建省连城县、安徽省金寨县后开展的第三次“大爱电科·背书进山”活动。在第二批“不忘初心、牢记使命”主题教育深入开展期间，50所以实际行动弘扬正能量，传承“大爱电科”精神，展现了电科青年的风采与担当。

脚踩泥土，沉淀真情
电科莱斯“扶贫战士”扎根田楼东盘

柴　扉

2020 年 3 月，按照江苏省委关于扶贫工作的统一部署，根据“五方挂钩”帮扶机制要求，电科莱斯派出李一峰同志前往连云港市灌南县田楼镇东盘村担任村委第一书记。

东盘村位于沂河南岸，属于泄洪片区，是当地两大经济薄弱片区之一。东盘村村域总面积 3. 2 平方公里，人口 2700 余人，耕地面积 4600 亩，农业面积占比为 95. 8%，以稻麦为主，是一个典型的经济薄弱村，虽然已经摘帽脱贫，但东盘交通不便，产业单一，资源薄弱。保脱贫，谋发展仍然面临一定的困难和压力。

迅速转变角色，来了就是东盘人

刚到东盘村，李一峰面对的是一个完全陌生的环境。虽然已经经过相应的培训，有了充分的准备，但如何有效地把对扶贫工作的抽象认识转换为具体行动，如何取得村干部和群众的认可，仍是横亘在李一峰面前的一大难题。

李一峰首先做的，是深入乡村调查研究，力争在短时间内融入村镇工作。他积极联系村干部、走访村小学、看望贫困户、参加农收、参与秸秆禁烧、协调工作项目，希望能够尽快融入东盘村这片土地，走进村民们的心里，成为大家认可的一分子。期间，李一峰熟悉了乡音，还偶尔来几句方言，给大家带来会心的笑容。就这样，熟悉了乡邻，了解了农户种植和村里的残疾病困情况，了解了麦收和沂河泄洪防汛情况。用他的话说，“连村里路边偶遇的小狗，也逐渐变得亲近相迎了。”

雪中送炭，做更有温度的扶贫工作

刚到东盘村，正值新冠肺炎疫情形势严峻的时期，邻村有病例发生，在做好密切防护措施的基础上，东盘村小盘小学尽力做好保障防护开展教学，但村里口罩紧缺。李一峰立即联系了电科莱斯相关基层组织，多方筹集了 2350 只医用口罩，有效支援了小盘小学顺利复课。

这场“及时雨”让师生们喜出望外，真切感受到了电科莱斯的帮扶真情，更进一步拉近了电科莱斯与当地群众的距离。很快，电科莱斯 2020 年的捐资助学活动到了实施阶段，李一峰又踏上了走访核实贫困学生和新增贫困学生家庭情况的行程。

李一峰将困难家庭情况形成报告，并报送电科莱斯，得到了公司的大力支持。很快，在工会和团委以及各党支部的支持下，今年“六一”儿童节前夕，电科莱斯捐赠的助学金交到了数十名孩子和家长的手中。同时，还给小盘小学带来了一批图书、皮球、毽子等教学和体育用具，给孩子们增添了“六一”儿童节的额外惊喜和快乐。

产业帮扶　为优质农产品找出路

产业帮扶始终是李一峰惦记在心的工作重心。依据工作队思路，他会同队友，对接江苏省农业院的农业专家，对田楼镇的果树种植产业进行了分析和调研，同时针对稻米、葡萄、土鸡等农产品的高品质化和市场化工作，开展了大量的学习、调研和分析对接工作。他和分管扶贫的镇领导、分管农业的镇领导、农技站站长分析了优质农品的帮扶可能，共同提出了田楼农产品优质优品工作的必要性和可行性，在田楼优质早稻成功种植的基础上，提出了“品质优先、体系保障、产供对接”的帮扶优品思路。

发挥管理业务能力 支撑灌南县帮扶项目

由于疫情的影响，2020年灌南帮扶工作项目建设的启动时间整体有所延后。随着工作的开展，如何有效把握项目状态，推进建设进度，确保项目按期完成，成为工作队帮扶工作的重要关注点。为此，工作队决定成立项目督察小组，开展项目管理工作。李一峰接受委托，负责整个东部片区的帮扶项目管理工作。灌南县东部五镇面积占县域大半，帮扶项目类别繁杂，包括厂房建设、配电设施建设、道路铺设、绿化建设和村部升级等。项目类型差异大，工作状态不一。经过考虑，李一峰决定参考系统工程管理思路，引入项目管理体系，依据制度文件，确定管控节点，建立评估规范，统一信息格式，开展具体项目的信息梳理，状态管理和进度管理。

依据《灌南县财政专项扶贫资金项目管理办法（试行）》，经过和队友讨论研究，李一峰将帮扶项目确立为申报、立项、招标、建设和验收五个主阶段，并依据阶段特点，确立了进度评估和状态评估方法，同时全面整理了项目基础信息，采用简化PMBOK指标，从整合管理、进度管理、质量管理、成本管理和风险管理五个维度，对项目总体进行了综合分析，完整表达了项目状态，分析了工作问题，形成了项目综合管理的参考模板，获得了工作队的高度评价。

心系帮扶、心系民生、心系发展，在李一峰繁忙的工作安排中，还有医疗义诊、教育联动、党建联合以及探索具有“电科莱斯－田楼”特色帮扶模式的工作计划在同时进行着。作为一名电科莱斯的党员同志，他肩负责任、传递真情，将电科莱斯的扶贫行动切实落到乡间地头的角角落落，将电科莱斯对贫困地区贫困群众的关怀与爱心送到他们身边，暖到心里。

在脱贫攻坚的决战决胜时刻，李一峰掷地有声，坚决表示定不负组织重托，将继续全情全心全力，奋战在沂河淌畔，为精准扶贫贡献智慧和力量。

抓住产业“牛鼻子”多管齐下
帮助南严村稳定脱贫

王 昆

江苏省淮安市涟水县大东镇南严村，被列为“十三五”省定经济薄弱村，是中国电科国基南方对口帮扶的乡村。

揪住脱贫攻坚“牛鼻子”大力发展产业项目

做好村集体的产业项目，是脱贫攻坚工作的重中之重。

国基南方扶贫干部对南严村现有的集体产业进行了梳理：南严村现有一个面积200亩的玫瑰生态园、一个面积200亩的芡实种植基地，一个占地1000平方米的生态农家乐。这些集体产业的经济收入构成了南严村集体收入的主要来源。

受疫情影响，集体产业发展承受了很大压力。国基南方对玫瑰花系列产品进行了推介并号召全集团内部同事参与消费扶贫。这个号召得到了集团公司同事的积极响应，村里的玫瑰花茶、玫瑰花露销量大大增加，解决了疫情背景下的产品销售难、收益难的问题。

而生态农家乐的经营困境也出现了转机。在扶贫干部和村两委班子的积极谋划和大力宣传下，逐渐与一些有意向投资经营农家乐的老板进行了项目推介，并于2020年7月顺利签约，使生态农家乐得以继续经营，为南严村集体带来收入。

在发挥村集体现有产业项目最大效用的同时，扶贫干部积极谋划了新的产业项目。他们与村干部一起申请筹集了110万元资金用于帮扶项目建设，在镇上的工业集中区投资建设标准化的工业厂房并出租出去，每年可以为村集体带来将近7万元的出租收益，同时也为村民增加了就业机会。

数管齐下 特色扶贫项目夯实脱贫基础

在做好南严村产业项目帮扶的同时，国基南方扶贫干部积极谋划，开展了消费扶贫、医疗扶贫、扶贫扶智等多项帮扶活动。

消费扶贫方面，国基南方与涟水百菜鲜农业科技有限公司签订了合作协议，将百菜鲜公司经营的涟水新鲜农副产品引进了国基南方员工超市，利用国基南方员工的购买力，对涟水县的新鲜农副产品进行助销，有效拓宽了涟水农产品的销售渠道，为解决涟水农产品销售“最后一公里”闯出了一条新路子。

医疗扶贫方面，在工作队和乡镇领导的支持下，在南严村跟进推广“福村宝”村级医疗互助项目。健康问题是打赢脱贫攻坚战的“绊脚石”。为此，扶贫干部发动村两委班子在南严村进行逐户宣传推广“福村宝”项目，有效减轻了村民大病医疗负担，大幅减少了因病致贫、因病返贫现象。目前，“福村宝”项目成为南严村民实实在在的“第二医保”，得到了村民们的衷心拥护和欢迎。

扶贫扶智方面，组织大东镇优秀教师与南严村两委班子成员积极参与“名师团队发展计划”“村两委班子学历提升计划”等项目，大大提高了大东镇优秀教师与南严村两委班子学历水平及工作能力；组织大东镇农业生产大户和自主创业人员参与培训，提高了他们的销售水平和带货能力；组织建档立卡贫困户参加厨师、育婴、家政等劳动技能免费培训班，不断提高村民的致富本领。关心关爱农村留守儿童，组织他们参加“夏令营”“冬令营”，帮助南严村留守儿童的健康快乐成长。

大力加强基层党支部建设，是脱贫攻坚战役如期完成的基础。扶贫干部立足村情，加强南严村党总支建设，充分发挥党员和党组织的先锋模范和战斗堡垒作用：通过村“两委”会议、党员大会凝聚共识，鼓励村干部和广大党员争当脱贫攻坚排头兵；带领全村50多名党员到周恩来纪念馆、雨花台烈士陵园等地开展主题教育活动，增强党员使命感；将南严村村部打造成为“新时代文明实践站”……

经过用心帮扶，2020年南严村发生了巨大变化：集体经济收入达到了28万余元，并且有了稳定的收入来源；全村68户建档立卡贫困户稳定脱贫；参加医疗互助的村民，享受了“二次报销”，大幅减少了因病致贫、因病返贫的概率。

零九到二零，扶贫助教用大爱助飞长乐村

宿万涛

从 2009 年，第 1 次开始结对帮扶
到 2020 年，12 次连续助飞相伴
36 名学子在“芯”助力下追梦前行
更有 15 名学子“飞入”象牙塔
其中，14 名学子已大学毕业踏入社会

这是中国电科国基南方连续 12 年开展“助飞行动”交出的成绩单。自 2009 年以来，国基南方与南京市溧水区东屏镇长乐村结成帮扶关系，积极开展扶贫助教活动，助力贫困学子完成学业。

扶贫先扶智

让困难家庭既能“站得起来”，还能“走得更远”，始终是国基南方在扶贫工作中重点思考的问题。为此，国基南方坚持以“助飞行动”为重点抓手，坚持每年与长乐村对接沟通，及时了解受资助家庭的情况，更新困难家庭信息，每年划拨专项经费资助贫困学子，以帮助他们顺利完成学业，帮助他们成长成才，为家庭长远发展谋好出路。十二年来，已有 36 名

学子在“芯”助力下追梦前行，15 位同学进入高校学习，有 14 名学子已大学毕业踏入社会，为个人及家庭生活条件改善打下了基础。

点燃科技梦想，拓展社会视野

除为学生解决后顾之忧外，为了让他们更好地感受知识的魅力，培养学习知识的兴趣，国基南方注重发挥高科技企业优势，坚持邀请集团公司首席科学家以及技术骨干向学子分享成长经历，讲授“如何保持学习的动力”，领略“集成电路的魅力”，引导学子树立远大志向，加强自身修养。十二年来，“助飞行动”的足迹留在南京，在南京市科技馆、紫金山天文台……一起感受科技的魅力；在青奥村、南京眼，共同领略体育精神；在梅园新村、大金山国防教育园、红色李巷等红色基地接受爱国主义教育；在南京市博物院，共同感悟历史变迁。

众人用心，与学子同行

“助飞行动”得到了社会各界和国基南方干部职工的广泛支持：领导班子成员每年坚持参加“助飞行动”，与学子面对面交流。职工群众积极响应，捐款捐物，特别是多次招募职工子女作为小志愿者参与活动，与长乐村学子牵手交流，相互促进，彼此也结下了深厚的友谊。

“十年树木，百年树人”。凭借良好的效果和社会评价，“助飞行动”已经成为国基南方扶贫工作的特色品牌。助飞十二载不仅是一个里程碑，见证着同学们像树苗一样汲取养分，逐步成长为祖国的有用之才；也见证着国基南方把社会责任扛在肩上、把志愿服务落在实处，用实际行动传递电科大爱。

用“心”用“情”用“力”帮助150多户人家成功脱贫

韩晶晶　田　璐

从阜平到三河再到沽源，从晋察冀革命老区到河北坝上贫困地区，打井64眼，解决了8000余亩农耕用水，为两村487农户通了自来水；光纤电视网络入户工程，危房改造95户，安装太阳能路灯20座，在两村分别建成800、1000平方米文化广场——实现了两村151户成功脱贫出列。

这是中国电科国基北方13所扶贫工作队三年来在河北张家口市沽源两个扶贫村取得的阶段性成绩。几年来，13所党委认真学习、贯彻、落实习近平总书记坚决打好脱贫攻坚战指示精神，落实集团公司扶贫工作会议要求，积极切实履行政治和社会责任，先后分三批选派优秀驻村干部到艰苦的扶贫一线驻村扶贫，他们用“心”、用“情”、用“力”做好扶贫工作，用实际行动为打赢脱贫攻坚战贡献着自己的力量。

喇叭响起来 红旗飘起来

贫困村之所以贫困，除了历史、地理、自然条件等客观因素外，更重要的是班子、队伍和人的问题，是观念、信心、能力的问题，是多年来形成的思想不统一和“散”“乱”的问题。

工作组2016年2月进驻，此时坝上地区寒冷刺骨，积雪最深处近一米，气温达到零下30多度，入村道路的积雪只能用推土机推开。展现在工作组面前的是残垣断壁的村容村貌，杂草丛生的大队部，无水、无厕、生火烧煤炉取暖的生活、工作环境。面对如此情景，怎么办？做什么？扶什么？如何扶？一系列问题摆在工作组面前。

工作组的全体同志统一思想，牢记使命，马上行动起来，首先让村里的喇叭响起来，红旗飘起来；积极同村两委班子沟通，多次召开村党支部会议、村委会议、村民代表会议和全体村民大会，多次入户了解情况，分析致贫原因，找出当前急需解决制约发展的主要问题，确立了下一步工作的目标。

截至2020年，已完成两村拉电2.5公里、安装变压器4台；铺设通村路4.5公里、田间砂石路2.4公里、对1.1公里的砂石路进行了基础维修；对两村大队部进行了硬化和改造，建公厕、厨房和浴室各一个，安装太阳能路灯20座。后期，新的大队部、文化室、卫生室、图书室、村道路硬化、户围墙改造、户厕、公厕、植树美化项目也即将展开。

如今，望着全村乡亲田间忙碌的身影、喜悦的表情，工作组感受到了一股如秋收般充实的喜悦。

抓好产业扶贫 实现稳定增收

产业扶贫是促进贫困地区发展、增加集体收入、实现贫困户稳定增收的主要途径，是扶贫开发的战略重点和主要任务。结合贫困村村情实际、气候条件和有利资源，工作组紧紧抓住现有土地条件这一根本，和乡亲们确定了蔬菜种植与储存、黑猪养殖和光伏发电的产业项目。

坝上地区种植季节短，昼夜温差大，但病虫害少，蔬菜品质好；空气和光照充足等有利条件，积极落实项目安排，同县、乡等有关部门积极沟通争取项目资金。并同县扶贫办、水利局、电力局、土地等有关部门积极协调农业用水、用电、用地等问题。通过不懈努力，解决了两村共计 8000 余亩水浇地的用水、用电问题，土地流转年收益也从旱地每亩 50 元提高到 400 元左右；土地的利用效率和产出效益提高了，贫困户也得到了稳定和长远利益。为此乡亲们看在眼里、记在心上，浑身充满了干劲儿，他们早出晚归忙碌在田间地头，实现着脱贫致富的理想。

为了解决蔬菜销售交通不便的问题，2017 年在各方帮助下修通了贫困村通往县城的公路，公路的连通使得各地蔬菜经销商纷纷远道而来。目前，40 门土豆储存窖、光伏发电项目和黑猪养殖项目也已落地，它们将为两村带来 30 万元以上的年集体收益，贫困户年增收也在 2000 元以上，实现了真正意义上的集体增收、贫困群众脱贫的目标。

将心比心 雪中送炭

因病致贫、因病返贫是脱贫攻坚战的“绊脚石”，也是困扰两个贫困村最主要的致贫原因，两村因病致贫发生率在 60% 以上。

低保贫困户王进礼因腰椎疾病拄双拐几乎丧失劳动能力，对生活失去信心。工作组多次入户帮助他克服困难，为他送去米、面、油和过冬的棉衣、棉被，并根据他的实际送去了猪仔，为他的养殖创造条件，并请县畜牧局和科技局专家到村讲解种、养殖技术，通过培训，使他增强了脱贫致富的信心。目前生猪已出栏，年收入增加 5000 多元，生活也有了盼头；疾病经多方治疗，生活已能自理，并能参加简单的生产劳动。

贫困户刘志国的父母已八十多岁，其父亲身体多病，行动不便，需要坐轮椅。工作组王宗斌同志了解情况后，将家中为自己老人购买的轮椅，无偿捐赠给刘志国的父亲使用，使他们一家深受感动。

自 2017 年以来，国基北方 13 所班子成员多次到村看望工作组，并调研、指导扶贫工作，党委书记史顺平到村了解情况后，根据因病致贫较多的情况，安排所职工医院到村开展“送医送药、爱心义诊”活动，并为村民发放两万余元药品；同时，为前来就诊的村民进行免费体检和病情分析，对常见病、慢性病进行初步筛查，为他们讲解如何预防心脏病、高血压等老年疾病的发生和日常保健知识，耐心解答大家提出的各类问题，活动得到了贫困村村民的热烈欢迎。

坚决打赢脱贫攻坚战，是党的十九大部署的三大攻坚战之一。多年来，13所围绕党中央决策部署，贯彻落实集团公司党组要求，以真、诚、实、干的工作态度不断创新扶贫工作模式，坚持党建引领、产业带动的扶贫工作指导方针，扎实有序地推进精准扶贫、精准脱贫，为实现全面建成小康社会作出应有贡献。

重振“萧县葡萄”品牌 打造智慧葡萄项目

刘沫毅

时逢金秋，凉风习习。安徽萧县永堌镇窦庄村的智慧葡萄产业扶贫基地的集控室里却热火朝天。

清瘦的赵永红正通过大屏幕给前来参观的同行介绍如何操作智慧葡萄种植管理平台。在他的演示下，系统远程自动给大棚卷起薄膜，卷到多少可以随时控制。

随后他又拿出手机，打开微信小程序，现场示范转动大棚内的摄像头观看葡萄树。大家看到葡萄树虽都挂着枯黄的叶子，但是旁边的数据框却清晰地显示这个大棚内土壤的温度、湿度、酸碱度、微量元素的含量。

说干就干！重振“萧县葡萄”品牌

赵永红，窦庄村的第一书记、扶贫工作队长。他来自电科博微38所，这是他在窦庄村的第四个年头。

2016年10月，赵永红被选派至窦庄村担任村委第一书记。“请大家放心，我会把窦庄村当成自己的家，我会努力让咱们这个大家庭的人都过上好日子，大家不脱贫，我绝不会离开！”

窦庄村有种植葡萄的传统，“萧县葡萄”地理标志商标就是该村注册的。

但由于技术管理跟不上，加上市场行情影响，近年来效益不高，村民种植葡萄的积极性大大降低，有的甚至要砍掉多年种植的葡萄改种其他水果。

“萧县葡萄”的品牌不能丢！

两年来，38 所扶贫工作队实地走访，结合村情，和村两委多次研究商量，为窦庄村开出“新处方”，决定要重振“萧县葡萄”品牌。他们制定了三年规划和当年计划，打造了一村一品“萧县葡萄”品牌的发展思路，构建了中长期长效扶贫机制，得到了村民们的认可。

说干就干！窦庄村先后累计投入 150 余万元助力窦庄村葡萄产业发展。自电科博微 38 所帮扶安徽省萧县永固镇窦庄村以来，累计投入 70 万元扶贫资金，协调 28 万元财政资金、定向采购 60 余万元窦庄农产品助力窦庄村葡萄产业的发展。

为增强窦庄村自身“造血”能力，扶贫工作队实施建设了光伏发电、扶贫工厂、农产品销售公司和葡萄种植等项目，农产品销售公司的成立给村民带来了商机，让村民们把家门口的葡萄直销到合肥，每户可以增收 1000 多元。

不仅如此，38 所扶贫工作组还把窦庄村的葡萄带进了所里，与博微“大手牵小手”亲子协会在 38 所新区食堂联合组织了“精准扶贫，爱心助农”公益行动。同时将窦庄村特色农产品在淘宝网店正式上线，依托互联网平台，优质的蜜莉葡萄、桃子销售到全国各地。

同时，产业发展基地将会同安徽大学商学院合作建立营销课题方案；与安徽农业大学合作建立“三品一标认定”，全程数据可追溯方案；同县教体局合作打造青少年科普教育示范基地，阻断隔代贫困。渗透式打造萧县葡萄地标品牌，实现可视化营销。

科技助力 打造智慧葡萄项目

赵永红考察了省内外多个智慧农业项目，发挥 38 所自身科技资源优势数字，在智慧农业项目和安防视频监控项目上寻求突破。以科技投入为农业发展提质增效，并依托杜明杨等种植大户的示范带头作用把高效的田间管理推广下去。

窦庄村重点打造的智慧葡萄产业扶贫项目，融合了数字农业物联网和视频监控等技术，通过水肥一体化设施和土壤墒情传感器，实现手机 App 自动灌水施肥，通风，远程诊断病虫害、并根据土壤干湿情况，实施远程控制，实现智慧管理。

“回村之前，我在外面种了一千多亩葡萄，以前只在网上看到过国外用电脑进行田间管理。没想到赵书记来后，智慧农业也来到了我们村。”杜明杨刚刚获评中国关工委“双带”农村致富青年先进个人，他现在是窦庄村智慧葡萄产业扶贫基地的承包人，也是赵永红“三顾茅庐”请来的“葡萄大王”。

“该项目每年还能为村集体带来 8 万元的收入，带动 10 户贫困户务工就业。辐射带动该村 220 个种植户推动葡萄品质和种植技术的整体提升，流转的 40 亩土地也带来了 3.2 万元的增收，实现基地务工人员人均年增收 3000 余元。”窦庄村党支部书记赵德哲介绍。

“下一步，我们将以智慧葡萄大棚扶贫产业基地为平台，规范葡萄种植基地收益管理制度，培养一批掌握先进种植技术和管理经验的示范农户，加强种植帮扶带动作用，促进贫困户提升自身‘造血’功能。用科技力量助推产业发展，实现脱贫攻坚和乡村振兴无缝对接，为进一步推进乡村振兴战略奠定坚实基础。”赵永红说。

另外，38 所还携手安徽医科大学在萧县永堌镇窦庄村开展“爱心”义诊活动，对帮扶村村民进行健康教育及夏季防暑知识普及，推进扶贫工作的开展。

扶贫路上有“我”在

黄　磊　冯刘飞　李　斌

“选择了扶贫路，就等于选择了披星戴月风雨兼程。”

“扶贫，就是与老乡们一起共享时代盛景，用双手描摹小康蓝图。”

——电科博微8所驻村扶贫工作队说道。

再见城市，你好乡村

脱贫攻坚是党的使命任务，也是中国电科的责任与担当。

2016年，按照集团公司扶贫工作部署以及安徽省扶贫工作相关要求，电科博微8所选派黄磊同志定点帮扶漫山红村，2017年，又增派叶杨高同志脱产进行驻村扶贫工作。叶杨高担任扶贫第一书记兼扶贫工作队队长，黄磊担任扶贫工作队副队长，8所驻村扶贫工作队正式成立。

远离了喧嚣的城市、熟悉的工作岗位，扶贫工作队来到了漫山红村。

驻村扶贫的任务就是要融入村两委工作，走进贫困户生产生活。在一个月内，驻村扶贫工作队走访了全村110户贫困户，第一时间了解掌握贫困户的家庭状况以及致贫原因，并制定了精准帮扶“明细账”。2018年，扶贫工作队申报产业逐年奖补60户，新增“三无”人员光伏扶贫27户，申报就业补贴30人次，开发申报辅助性岗位6人，对40名在校学生申报了教育资助。申报危改8户，保障住房安全；申报健康扶贫62人，对全村

27 户的 28 名残疾人进行了康复鉴定。

扶贫工作队多方奔走，积极申报谋划，全力加快基础设施建设，截至目前，全村所有贫困户均解决了饮水安全问题，户户通自来水。在他们的努力下，申请到资金 3370 万元，新建 4.5 米道路 16.5 公里，拓宽道路 7.8 公里，赢得了广大干部群众的认可。

立下“愚公”志，弘扬科技风

扶贫先扶智，智力扶贫就是从根本上“拔穷根”。如果没有智力支持，不仅个人难以改变贫穷的命运，还可能带来贫困的代际传递。扶贫工作队围绕贫困人口发生率、特色产业、基础设施建设、村集体收入四个方面，撸起袖子加油干。特色产业“稻田养虾”全面铺开，基础设施建设全面开工。面对重重困难，扶贫工作队立下“愚公”志，下足“绣花”工，啃下“硬骨头”，力争摘掉贫困帽。

漫流河小学是当地村办小学，大部分为留守儿童，教学硬件条件较差。扶贫工作队与所团委积极联络，共同向集团公司团委申请援建大爱电科“科技小屋”，并得到批复。目前，“科技小屋”处于收尾阶段，建成后将为孩子们献上一份特殊的礼物。8 所青年志愿服务队在漫流河小学还开展了“点燃科技梦想实践课堂”活动，在孩子们的心中埋下了科技的种子。

昼夜的坚守，无悔的信仰

坚持原则，主动作为，迎难而上。

2017 年 8 月，黄磊同志因扶贫工作摔伤，导致右脚踝骨骨折，仅休养了 3 个月，就又重新奔赴扶贫一线。在中国电科 2018 年度扶贫工作会上，黄磊同志被评为集团公司定点扶贫先进个人。

驻村是一种承诺，一种责任，更是一种担当。

8所扶贫工作队的队员们表示，驻村扶贫一年多来，前行的每一步都得到了所领导、同事的关心和支持，我们心中充满感谢。作为央企研究所下派的扶贫工作队，我们将发挥科研院所的技术优势，结合村里实际情况，传播电科精神，打造好稻虾养殖物联网项目。在今后的扶贫道路上，我们将继续用心识真贫、用情真扶贫、用力扶真贫，不忘初心，砥砺前行。

发挥科技优势，助力魏圩村走上小康路

王荻羽

自 2015 年以来，电科博微 16 所对口帮扶泗县草庙镇魏圩村，发挥自身科技优势，协助当地政府走出了一条特色扶贫路，通过培育特色产业、建设基础设施等措施凝聚攻坚合力，助力魏圩村成功蜕变为新时代脱贫路上的“小康村”。

强化基础建设，提升群众幸福感

“要想富，先修路”，昔日的魏圩村基础设施最为薄弱，为解决魏圩村整体服务能力，扶贫工作队同村干部一起积极申请魏圩村扶贫项目建设，全面改善村级道路、电力、饮用水、住房和人居环境条件，切实提升群众的获得感与幸福感。

驻村扶贫工作开展以来，先后协助魏圩村改造升级村服务中心，建设村级医务室，修建水泥路，修建柏油路，安装路灯，疏通沟渠，修建板桥、桥涵……通过一系列基础设施建设，整村村民生活幸福感明显提升，致富奔小康的步伐迈得更快更稳。

优化产业布局，加速经济发展

小康不小康、关键看老乡。贫困户实现脱贫，群众达小康，关键在增收。工作队积极探索农业结构转型，探索贫困户、群众增收致富新路径，积极协助村两委开展农企对接新模式，通过“消费扶贫”，推动发展特色产业。

2016年，工作队积极争取财政资金，流转土地建成魏圩村果蔬大棚扶贫产业园，大力发展大棚种植西红柿特色产业，帮助8户贫困户每年户均增收2.6万元，并实现年集体经济增收。自2017年以来，工作队落实“消费扶贫”政策，组织购买或帮助销售定点扶贫县农产品，先后动员全所干部职工开展了9个批次总价值30余万元的农产品销售。目前，魏圩村民种植小芹菜、菠菜、香菜、上海青、蒜苗五个品种达150余亩，带动了小农产业的发展，做活了魏圩村西红柿特色产业。

2017年，在工作队和村两委的积极努力下建成魏圩村扶贫工厂，成功引进泗县和佳医疗有限公司入驻，常年带动贫困户就业，实现魏圩村集体经济增收。

工作队同村两委推动村级光伏电站立项，流转土地11亩，建成投产总装机340千瓦光伏电站，有效实现村集体经济增收，同时，该项目成功为4位贫困人员提供了电站维护和保养员岗位，帮助贫困群众人均年增收。如今，工作队又利用光伏电站的收益，开发了22个村级公益岗位并实现增收。

注入“科技”能量，点亮脱贫梦想

科技助力精准扶贫，激发内生动力是根本。为最大限度发挥16所科技优势属性，工作队以“科技点亮世界，科技点亮梦想”着力打造科技扶贫新特色、新亮点，激发贫困群众的创业精神和创新意识。

2017年，工作队积极筹划建成魏圩村魏圩小学“科技小屋”。每年“国家航天日”“国家扶贫日”，16所青年骨干人才在工作队的号召下，分

8 批次前往魏圩村开展相关科技教育活动，更组织 10 余名专家开展讲座培训，让科技扶贫政策知识走入田间地头。同时，工作队积极争取多方力量，捐赠文具图书 500 多套，为“科技小屋”添置了投影仪一套，电脑十台，“预警机”等科技模型 20 余套。2019 年，工作队多方筹措，设立“万瑞冷电扶贫助学基金”，帮助贫困家庭的孩子接受良好教育，阻断贫困代际传递，为促进贫困地区基础教育事业的发展、弘扬社会新风、服务青少年成长发展作出了积极贡献。扶贫扶智，点亮了贫困家庭对脱贫致富美好生活的希望。

多措并举让“花园村”名副其实

徐小华　谭　晶

安徽省阜阳市太和县花园村是电科博微43所定点扶贫村，经过驻村工作队和广大村民的共同努力，通过产业+科技教育+基础设施建设，昔日的贫困村已经变成了名副其实的“花园村”。

产业扶贫，谋划村集体经济发展

面对花园村无产业、村集体经济几乎为零的现状，工作队不等不靠、主动作为，会商镇村、走访贫困户，确立了发展中药材种植、村级光伏电站、盘活资产为主的产业发展路子。

2017年，在工作队的积极努力下成立花园村振鑫专业合作社，合作社流转土地60余亩，先后种植薄荷、板蓝根、芍药等中药材，带动近10户贫困户参与合作社日常田间管理，平均每户增加收入每年约500元，每年为村集体经济增收近2万元，村集体经济逐步得到提升。

2016年，工作队推动村级光伏电站立项，于2017年建成60千瓦村级光伏电站并投入运行。电站收益每年均在6万元以上，成为村集体经济收入的重要来源，三位贫困人员成为电站维护和保养人员，人均年收入增收3600元以上。如今，工作队又利用光伏电站的收益，开发了14个村级公益岗位，实现每人每月300元以上的收入。

为实现资产盘活，工作队协同村两委对花园村现存2处水面进行改造，并通过水面招租进行水产养殖，美化环境的同时得到年租金3万元的集体收入。

科技教育扶贫，启迪心灵

扶贫扶志，教育为本、科技助力。工作队积极探索科技+教育特色扶贫模式，获批花园村“科技小屋”项目。借助“科技小屋”平台，不断丰富教学方式，工作队先后组织了10次专家讲堂，对近100人次的困难学生进行助学活动，并为活动中的“小科学家”“小工程师”设立专项奖励基金。不仅如此，扶贫队还为“科技小屋”添置了科技小制作实验台10套，科普书籍及影像资料500套，科技模型若干。

基础设施扶贫，提高公共服务水平

为解决花园村基础设施、基本服务能力薄弱的现状，扶贫工作队同村干部一起，完成了多个基础设施项目立项申请和监督推进工作。三年内，工作队助力花园村建成5条20公里的标准乡村道路，实现主要道路照明化；改造水塘5处，桥涵6座，机井25座；扩容村电网，实现网络全覆盖；改造升级村服务中心，建设村级医务室、村小学、村民活动中心和文化广场等，花园村双基建设得到明显提升，村民的幸福感增强。

高山绿茶！
高山铺村脱贫致富的“金钥匙”

徐　庆

高山绿茶特色产业是惠及300多户农户的减贫实践，是硕果喜人的以业兴农，是让高山铺村村民手握脱贫致富的“金钥匙”。

位于安徽省六安市霍山县太平畈乡的高山铺村，海拔500～700米，共有28个村民组，670户2438人，其中建档立卡贫困户193户556人，贫困发生率22.86%，脱贫攻坚面临的形势严峻复杂。

2017年起，电科博微长安公司定点帮扶高山铺村，扶贫队通过多方调研，充分利用高山铺村位于大别山腹地、拥有优越的空气湿度以及酸性土壤、昼夜温差大等特有的地域优势，以产业发展为抓手，为高山铺村“量身定制”，打造高山绿茶特色产业，助力当地脱贫振兴。

因地制宜，探索产业脱贫发展之路

2018年，由博微长安参与资助的高山茶厂在村落中心地带建成，这座面积400多平方米的现代化茶叶加工厂，能完成茶叶晾青、杀青、分筛、烘干、分选、包装等一系列工序，彻底解决了高山绿茶的加工和运输困难。茶叶加工厂带动了周边300多户农户的经济发展，为30多户贫困户带来每年3.6万元的分红，不仅提高了农民收入，还大大促进高山铺村村级集体经济的发展，形成了以茶叶为主导的产业发展之路，“绿水青山”变“金山银山”。

高山茶厂让群众的茶叶销路不再难，让贫困户脱贫有力量，让集体经济收入有来源，为高山铺村脱贫致富带来了“金钥匙”。

线上线下，多措并举开拓销售渠道

为了增加高山绿茶的销量，扶贫工作队员充分利用“消费扶贫直通车”“以购代捐”等展销活动助力脱贫振兴。由于新冠肺炎疫情影响，交易市场暂不开放，扶贫工作队就利用短视频、微信、QQ等网上销售方式，多渠道、多形式广泛宣传，引导高山绿茶的消费。

疫情终将过去，而高山绿茶作为一项可持续的绿色产业，也会在脱贫攻坚和乡村振兴中迎来更加光明的未来。

“五大策略”立体帮扶 在精准落地上见实效

王晓冉

作为军工央企，扶贫不仅是社会责任，更是政治责任。

根据四川省委、省政府安排，自2018年起，电科天奥对口扶贫国家级贫困县阿坝州小金县窝底乡。窝底乡属于小金县典型的贫困乡，共有春卡村、金山村、成都村、窝底村4个村委会，农户居住分散，自然条件差。怎样帮助窝底乡脱贫，助力小金县实现2018年整县脱贫摘帽的目标，电科天奥一直在思考。

找到致贫根源，才能治标治本。

“老乡，身体怎么样？家里养牛、种植花椒的收入如何？还有哪些困难？”实地查看、走访贫困户，了解当地产业发展现状、贫困户基本生活、脱贫需求等情况。为了找到窝底乡“穷根”，做到精准施策，像这样的深入扶贫地区调研座谈成为电科天奥党委的“必修课”。

把握“精准”，才能对症下药。为做好定点扶贫工作，电科天奥成立扶贫工作领导小组，在所领导多次调研，全面了解当地发展情况、地域特点、优势资源、致贫原因的基础上，电科天奥党委以“找准扶贫路子、抓住重点、解决难点、把握脱贫着力点，确保脱贫出实效”为思路，制定扶贫方案，提出“干部扶贫、项目扶贫、产业扶贫、就业扶贫、教育扶贫”五大策略，立体扶贫，做到靶向治疗，在精准施策上出实招、在精准推进上下实功、在精准落地上见实效。

干部扶贫，因村派人精准推进

电科天奥的驻村扶贫队员李金凯、程勇、李罕、李文分别进驻窝底乡金山村、春卡村、窝底村、成都村进行扶贫工作，他们用脚步丈量民情，架起所里与村里、村民沟通的连心桥。

精准扶贫的提前是充分掌握村情、全面了解民情。驻村扶贫队员的第一项“功课”就是入户调研，挨家挨户走访摸“底子”，关心关爱贫困户、五保户、残疾人、空巢老人和留守儿童，听取群众意见建议，帮助他们解决生产生活中的困难。同时，将调研情况按时汇报，电科天奥党委根据驻村队员反馈的项目进度、目前难点、村里需求等适时制定新的帮扶措施，实现因地制宜定“调子”、因户施策找“路子”，提升扶贫措施的精准落地。

答疑解惑做思想工作，当好扶贫政策的“宣传员”。

在扶贫村，由于存在信息不对称或者村民对政策不了解等问题，在推进扶贫工作时，村民的质疑声音、抵触情绪也时有存在。扶贫过程也是不断宣传党中央扶贫政策、扶贫理念的过程，只有使群众明白政策、理解脱贫致富的目标，才能赢得群众的支持。“我不了解政策，但我觉得肯定不是这样的”，在窝底村驻村干部李罕推进危房维修加固改造项目时，针对房屋维修基金问题，有村民提出了自己的质疑，项目难以继续推进。驻村干部耐心讲解国家扶贫政策、小金县扶贫政策，将政策里的规定逐一向存有疑问的村民解释，并结合加固后舒适整洁、安全放心的房子等村民实际收益情况做工作。在一遍一遍"婆婆嘴"般的思想工作下，村民清楚地了解了相关政策，同意进行房屋的加固维修，并对此前的不理解表示了歉意。

发挥好扶贫措施、帮扶项目落地实施的"助推器"作用。

精准推进是扶贫见实效的保障。项目实施进展如何、怎么推动产业发展、就业需要如何统筹、教育帮扶怎样对接等等，电科天奥一系列帮扶措施需要驻村扶贫干部的沟通、协调、推动、跟踪才能实现从措施到成效的转化。

项目扶贫，实际解决难点问题

项目安排精准，才能攻克农村发展的难点问题。在调研金山村的具体情况，充分了解村民的诉求之后，电科天奥结合"住上好房子、过上好日子、养成好习惯、形成好风气"四好村创建，集中力量抓入户路建设和人畜分离两个项目。

"要想富，先修路。"据媒体报道，小金县从2014年启动实施"农村公路建设攻坚年"之后，有这样一组数字：2014年357户1590人脱贫摘帽，2015年605户2150人脱贫摘帽，2016年24个贫困村、691户2495人脱贫摘帽。电科天奥帮扶的待脱贫村金山村平均海拔2900米，交通闭塞、道路崎岖难行成为影响发展的重要因素之一，道路雨天全是烂泥路、晴天灰尘满天飞，入户路建设项目旨在解决村民家门口到主道路之间最后20米的入户路问题，一方面方便村民出行，另一方面帮助村民将坝子浇灌了，方便晾晒花椒，解决村民实际困难。

人畜分离环境提升项目，旨在改变村环境不卫生、人畜居住杂乱的面貌，让村民养成好习惯，形成好风气。为推进项目的实施，2018年5月

16日，电科天奥捐赠80万元对口援助资金，助力金山村脱贫摘帽。

产业扶贫，激活发展内生动力

“作为电科天奥家属表示苹果好吃！花椒很香！”

“这次的苹果脆甜味美，花椒香麻醇厚，赞！再来点土特产。”

让电科天奥员工和家属赞不绝口的苹果和花椒，均来自小金县，是电科天奥产业扶贫的举措之一。产业扶贫是激活贫困地区发展的内生动力，能够促进贫困家庭与贫困地区的协同发展，电科天奥积极推进针对小金县的精准产业扶贫。结合小金县特色农产品丰富的特点，电科天奥采取单位采购推广、开设小金县特色农产品展柜、互联网销售培训等产业扶贫措施，为“小金农产品”产业发展搞推广、谋出路、找销路。

2018年6月，电科天奥采购小金县木耳、菌类等农产品，采购金额达26万元。9月，电科天奥组织采购了5830箱“小金苹果”和220斤来自窝底乡的花椒，采购金额达30余万元，并在所内进行“小金农产品”的宣传、推广和销售。

窝底乡的“窝底红”花椒不仅是全乡的支柱产业，也是村民全年的主要经济来源。电科天奥采购的220斤花椒来自窝底乡成都村两户贫困户，因为家中丧失了主要劳动力，家庭条件十分困难，花椒的采购直接解决了贫困户的燃眉之急，帮助贫困户实现了农业增收，做到了“识真贫、扶真贫、真扶贫”。

如果说电科天奥内部的“小金农产品”宣传、销售是帮助产业发展的一剂“强心针”，将“小金农产品”产业推向更广阔的销售市场则是产业做强、农户持续增收的“稳定剂”。结合小金电商交易情况、农特产品网销渠道、营销人员需求等实际问题，电科天奥与小金县招商局组织“精准扶贫电商专题培训”，邀请电子商务实战型专家对小金电商企业和商家进行辅导培训，共同"让农产品走出大山"。

就业扶贫，精准施策拔穷根

一人就业，全家脱贫，增加就业是最有效、最直接的脱贫方式。长期坚持增加就业还可以有效解决贫困代际传递问题。

2018 年 9 月 17 日张贴在窝底乡的一则"招聘启事"引来了大家的驻足围观，这是电科天奥开展就业扶贫的新尝试。结合电科天奥下属单位天奥商务公司的需求情况，电科天奥面向对口扶贫点进行招聘工作，通过就业扶贫帮扶贫困劳动力实现稳定就业，促进贫困家庭尽快脱贫。据悉，目前已有金山村贫困户子女苏红应聘成功，其 2014 年识别为贫困户时，家庭年度人均纯收入仅 1861.60 元，2018 年 11 月初报道入职后极大地改善了她的家庭条件。

教育扶贫，阻断贫困代际传递

治贫先治愚，扶贫先扶智。

教育是阻断贫困代际传递的治本之策。在扶贫过程中发现，除交通、地域等致贫原因，更多的是与外部信息的不对称，经济上需要脱贫，思想上更需"脱困"，才能进一步激发贫困人口内生脱贫动力，巩固扶贫成果。

为了全方位推进小金县扶贫工作，2018 年 6 月 20 日 ~21 日，电科天奥携手小金县，开展了"军事科技进校园"系列活动，并在窝底乡进行了"1 +1 助学捐赠"。

为了弄清学生的真实情况，精准选出最需要帮助的学生，电科天奥驻村扶贫干部反反复复从学校到学生家庭跑了几十趟。电科天奥向受帮扶学生进行了助学捐赠，鼓励学生们好好学习，通过知识改变自身命运，学成以后建设家乡。看到电科天奥梦想"1 +1"资助的杨丹同学考上了小金县最好的高中时，李金凯打心底里高兴，“这些孩子，都是这里希望的种子。虽然过程很辛苦，但是很值得。”

攻克深度贫困堡垒，是打赢脱贫攻坚战必须完成的任务，如何在这场攻坚战中发挥央企的作用？电科天奥深入调研，立体谋划，牢抓“扶持对象精准”“项目安排精准”“资金使用精准”“因村派人精准”“脱贫成效精准”五个精准，“五大”精准扶贫策略齐发力，力求打得准、干得实、出实效。守望相助、扶危济困，电科天奥将继续践行央企责任，扎实推进“五大”策略立体扶贫，精准帮扶，帮助窝底乡贫困户脱贫，助力小金县实现脱贫目标。

窝底花椒香味扬，叙永牛肉销量高！

李　玲

2019 年 10 月，四川国有企业扶贫农产品推介展销会在四川广播电视台电视长廊举行，电科天奥携小金县、叙永县农产品参展，借助四川电视台宣传推广“窝底红”花椒和“乌蒙好牛”扶贫产品。

发展产业是实现脱贫的根本之策。

自对口帮扶阿坝州小金县和泸州叙永县以来，电科天奥积极推动两地产业发展，为小金县“窝底红”花椒和叙永“乌蒙好牛”搭平台、建渠道，促进其脱贫致富。

展销会上，参展的“窝底红”花椒椒香四溢，叙永“乌蒙好牛”肉质鲜嫩，引得参展人员驻足问询、纷纷购买。

窝底红：十里飘香，高原花椒绿色健康

“哎呀，这个花椒好香哦，一进走廊就闻到了。”

“就是，我刚刚尝了一下，麻得很，现在舌头都没有知觉。”

“这个花椒好得很，我去年买的，现在都还是这么香。”

“真的呀，那我买一斤，我们家口味吃得重，喜欢花椒得很。”

……

参展者们所议论称赞的，正是阿坝州小金县窝底乡打造的新品牌“窝底红”花椒。

“窝底红”花椒是2019年新产的新鲜花椒，经过晒干过滤后，花椒颗粒适中、香气浓郁，麻香味经久不散，凭借高原地区光照充足的地理优势，以及无农药的原生态栽种方式，在众多同类产品中脱颖而出。仅仅半天时间，50斤“窝底红”花椒全部售罄。“窝底红”花椒还吸引了很多“回头客”。有的参观者来展位上买了三四次，有的添加了“窝底红”花椒的销售微信，打算长期购买。

花椒的好口碑离不开扶贫工作组和当地村民们的辛勤付出。电科天奥连续两年聘请专家为村民教授花椒种植、病虫防治措施等知识技巧，窝底乡村民们在专家的指导下精心养护了近19万株花椒，在扶贫工作组和当地村民们共同努力下，窝底乡预计今年实现花椒产量增收5万公斤。

乌蒙好牛：生态慢养，只做原生态的鲜

红色的盒子包装、川剧脸谱的图案和“张飞牛肉”的字样，叙永“乌蒙好牛”格外引人注目。

“你们这个是张飞牛肉吗?”

“张飞牛肉为什么是扶贫产品呢?”

“我们这是‘乌蒙好牛’而不是‘张飞牛肉’，之所以印着‘张飞牛肉’的字样，是因为他是我们的合作商，我们提供原生态养殖牛肉，他们负责加工和包装”，叙永县江门镇高家村的村支书这样解释道。

利用叙永县好山好水好空气的生态环境优势，中国电科与叙永县建立了绿色生态肉牛养殖场，搭建了养牛产业的平台，通过“集中+分散”的专业养殖模式，逐步形成了循环经济的雏形。

江门镇高家村是叙永县肉牛养殖基地之一，高家村科窖牛场的建成让

参与项目的贫困户平均增收2500元以上，一定程度上解决了当地贫困户的就业及收入问题。

“乌蒙好牛”只做原生态的鲜，选用原产于瑞士的西门塔尔牛进行养殖，精选乌蒙山高山过渡地带叙永县江门镇及白腊苗族乡进行原草慢养，不通过饲料育肥，肉色鲜红、纹理细致、富有弹性，品质高于普通牛肉。此外，“乌蒙好牛”口味多样，原味、香酥味、麻辣味……吸引了众多参观者试吃购买。

此次展销会，电科天奥展销农产品颇受欢迎，为对口扶贫地区的村民实现了增收、创收；现场十余家媒体的新闻宣传，也为小金县、叙永县特色农产品的销售搭建了良好的平台。

谢谢你们“娃娃些”来扶贫

王晓冉

“党的政策好，谢谢你们哦，娃娃些，看把你们辛苦的，我们这边条件苦，不比外面”，金山村黄阿孃握着李金凯的手说。

黄阿孃口中来扶贫的“娃娃些”是来自电科天奥10所的驻村扶贫人员。根据四川省委、省政府安排，从2018年起电科天奥对口扶贫国家深度贫困县阿坝州小金县。为了做好定点扶贫工作，电科天奥选派李金凯、程勇、李罕、李文四位员工驻村进行扶贫工作。其中，李金凯是最先来到小金县，并作为窝底乡党委副书记，对口2018年窝底乡唯一待脱贫的深度贫困村金山村。

刚来就遇到“下马威”

“我来自大凉山，有很多干部去我的家乡对口帮扶，而我来到阿坝小金，支援这里的建设”，带着青年的热情活力和对扶贫工作独特的感情，李金凯2018年3月份来到窝底乡开始扶贫工作。虽然李金凯也来自大山里的农村，对环境的艰苦心理上有所准备，但复杂的村情和恶劣的环境，刚来就给了他一个下马威。金山村分三个组，为纯藏族聚居村，村民都居住在高半山上、山路崎岖，有些地方甚至是摩托也无法通行。

提起初到金山村的场景，李金凯记忆犹新，同时，他也深刻地感受到扶贫工作中一个接一个的难题。在推进电科天奥帮扶项目——入户路建设和人畜分离环境提升项目时，李金凯发现“不患寡而患不均”，问题的关键在于如何做到公平，让村民满意。

转变身份想方法，转换立场找对策。缺少处理乡村问题经验的李金凯主动向经验丰富的工作人员取经，向村两委班子请教处理方法，并挑选几户有威望的村民走访、座谈征询意见，站在村民的角度想问题。通过前期的调研讨论，确定了“一房一户、一户一房，政策不重复享受”的项目实施方针，召开乡班子成员会议定方案，村民党员大会内部举手表决，全村村民大会公布方案，答疑解惑，最终获得了全村村民的一致通过，推动项目实施迈出了第一步。

用脚步丈量民情

精准扶贫的前提是充分掌握村情，全面了解民情。“不好意思，去山上入户调研了，信号不好，现在才收到消息”，在与李金凯对话中经常出现这样的情况，早上发的消息可能晚上8、9点才能收到他的回复。山路的崎岖和交通的不便，“双脚”成了最主要的交通工具。早上7点半出门，一路爬山，晚上8、9点回来，成了李金凯刚去金山村时的常态。

村民三天两头要去山上给牦牛喂盐，或者在田间地头种土豆玉米，经常不在家。一天下来，就只能走访几户人家。中午就在村民家吃点酸菜面疙瘩，垫垫肚子，几个月下来，包括李金凯在内的几个驻村干部脸都被晒得脱皮。每天回来，还要整理资料，虽然很辛苦，但看到一张张填写完善的精准脱贫成效明白卡、越来越清晰的扶贫方案的形成以及扶贫项目的顺利实施，李金凯说，“能参与到精准扶贫这项国家大政策里，为贫困地区的老百姓做点实事，真的很满足。自己也来自大凉山，深深知道山区村民的不易。再苦再难，我和其他乡上同志，也要让村民脱真贫，啃下这块硬骨头!”

很辛苦，但却很值得

“还记得梦想‘1+1’助学的场景，孩子们纯真的脸庞，他们才是这里的未来。”扶贫先扶智，李金凯认为只有让这里的孩子走出去，改变命运，学习知识，才能从根儿上改变祖祖辈辈的老思想、旧观念，实现新的发展。为了弄清学生的真实情况，精准选出最需要帮助的学生，反反复复，从学校到学生家庭，他跑了几十趟。

看到小金县城里张贴出的录取信息，电科天奥梦想“1+1”资助的杨丹同学考上了小金县最好的高中时，李金凯打心底里高兴，“这些孩子，都是这里希望的种子。虽然过程很辛苦，但是很值得”。

放下架子“接地气”，扑下身子“零距离”，把村民当家人，想村民所想，急村民所急，这是做群众工作的法宝。金山村125户，其中，32户贫困户，每一户都有他们的身影。2018年底，金山村32户贫困户顺利脱贫。

李金凯用一颗热诚之心投入扶贫工作中，以不停歇的脚步解决村民的难题。十月份的扶贫迎检，李金凯以军工人务实担当的作风，做好做实扶贫工作，不落下一个贫困家庭，不丢下一个贫困群众。

做好扶贫工作的“绣花”人

李硕果

2018年，经四川省委、省政府的统一部署，中国电科29所对口帮扶四川省阿坝藏族羌族自治州马尔康，开展精准扶贫工作，助力马尔康脱贫攻坚。

“上面千条线，下面一根针”，基层是政策落实的“最后一公里”。在脱贫攻坚工作中，驻村工作队员就是引导各项政策落实的“那根针”。29所选派陈文东、姚兴健、袁金华、吴超四位同志作为驻村工作队员，分别负责温古村、年克村、大石凼村、阿底村的驻村扶贫工作。

“请组织放心。我们来到马尔康，就代表着中国电科的形象，代表着29所的形象。工作确实很苦很累，但也很有意义。基层工作千头万绪，我们一定尽心尽职，踏踏实实地做好扶贫工作的‘绣花’人”。这就是29所扶贫工作队员们的心声。

“村民需要什么知识，我们就向他们传授什么知识。”

马尔康白湾乡温古村有这样一段山路，长达12.6公里，从平均海拔2450米陡然抬升到3600米，还伴随着无数个“急转弯”，再加上经常性的地质灾害，因而得名“阿坝州最险乡村公路”。就是这条最险山路，温古村驻村扶贫队员陈文东不知已经走过多少个来回。

“我现在基本每周都要上去一次，一百来号村民在上面呢，工作必须开展到位。尤其农牧民夜校，我们每月都要召开三次”。

陈文东提到的农牧民夜校，是29所扶贫工作中的一项任务，目的是为了让村民们懂法律、知政策、学技能、长知识，为村民们通报、传达各级重要会议精神，宣贯重要法律法规和惠农政策。同时，还兼顾开展医疗卫生讲座、生活安全常识讲座以及网络、电商、焊工等各类实用知识和技能的培训。

“扶贫先扶智，村民需要什么知识，我们就向他们传授什么知识”。比起几个月前的“纸上谈兵”，陈文东对扶贫工作有了更加深刻的感悟。

同样，在姚兴健所负责的年克村，也在开展着“扶贫扶智”工作。年克村的许多村民文化基础比较低，其中大多数都是中老年村民。村民对知识的需求，就是工作队“扶智”的方向。要扫盲，得有教材，中国电科29所主动捐出一笔款项，专门用于购买年克村村民们的扫盲课本。扶贫工作队员们以扫盲课本为基础，从识字、计算、日常知识三个方面为村民进行扫盲培训。

扫盲班还未开班，许多村民早已翘首期盼了。年过七十的贫困户唐来虎说：“我虽然年纪大了，但还是要来扫盲班学习。脱贫后家里有点余钱了，不可能一直窝着不出门。但现在这样没有文化，啥子都不懂，也就不敢走出去看看。”

“我们在工作中多上一点心，多帮一把手，就是为村上阻断贫困代际传递多出一份力。”

扫盲班旨在帮助老一代村民跟上新时代的步伐，而要阻断贫困的代际传递，治本之策是下一代的教育。除了义务教育之外，政府还颁发实施了覆盖广泛的各类助学扶持政策。帮助孩子们填表申请助学金，成为马尔康白湾乡大石凼村驻村工作队员袁金华的一项重要任务。

为了让符合条件的农户家庭都申请上扶贫助学教育金，袁金华先向村民宣传和讲解相关政策，然后便挨家挨户地帮助有困难的家庭填表格、跑流程、办申请。2018 年 8 月初到 9 月中旬，袁金华手把手地帮助了 9 名学生申请了扶贫教育助学金，其中，6 名孩子来自贫困户家庭。

袁金华说道：“我也是家长，为了自己孩子能够得到更好的教育，也会不计成本地付出。村上贫困户家里出个成绩好的高中生真的非常不容易。我们在工作中多上一点心，多帮一把手，就是为村上阻断贫困代际传递多出一份力，为‘扶智’添一把薪。”

“我们要竭尽所能，帮助村民把特色农牧产品卖得更快、卖得更远、卖得更好。”

如何帮助村民们把特色农牧产品卖好，是马尔康阿底村驻村扶贫队员吴超一直在思考的难题。

“这头，村里有绿色天然的特色农牧产品；那头，都市里对有机环保无公害农牧产品有旺盛的需求。如何在供需之间搭起一座便捷互通的桥？”吴超想到的办法是电子商务。经过对阿底村实际情况和发展愿景的综合研判，扶贫工作队最终决定依托阿底村现有的“阿底村高山绿缘生态产业专业合作社”，建设合作社公众号。

目前，由中国电科 29 所拨付的首期建设专项资金已经到位，项目也在吴超的督促下循序推进。

“建成后的公众号将作为合作社统一的线上营销平台，我们要竭尽所能，帮助村民把特色农牧产品卖得更快、卖得更远、卖得更好。”在吴超的规划中，公众号建成后除了可以实现集体经济增收的直接效益外，还可以为合作社开拓新业务提供有力的平台支撑。更重要的是，公众号后台的运营中心将为村上培训出掌握信息化手段的新型创业技能人才，为村集体经济实现可持续发展提供人力资源储备。

“这是助推阿底村特色产业转型发展的有力抓手，是一个可以长期发挥多重效用的综合性平台”，说到这里，吴超的眼里充满了希望。

为了更好地帮助温古村村民把特色产品卖好，陈文东也下足了一番功夫。陈文东在温古村进行一次次的走访，了解村里各家各户的实际情况，并将自己收集到的信息进行梳理，绘制出一张温古村精准扶贫布局图。通过布局图，可以清晰直观地了解温古村的各项基本情况。村上和乡里的领导都对这张图给予了高度评价，白湾乡石英乡长说：“这是温古村村民基本情况第一图。要想知道该如何针对各家情况来精准施策，这张图就是很好的向导”。

电科点亮微心愿 爱心助力大梦想

王放云

“我想要一辆儿童单车！”

“我想要一身漂亮的新衣服！”

“我想要一本童话书。”

……

这是来自国家级一类贫困村——长丰村100个贫困学生的“小心愿”。

为了帮助孩子们完成这100个“小心愿”，2018年11月，中国电科大数据研究院有限公司（以下简称“大数据院”）志愿者团队奔赴纳雍县昆寨乡长丰村大德希望小学，组织开展“大爱电科·爱心同行”精准扶贫行动，为贫困山区的孩子们献上爱心。

大数据院自成立以来，贯彻落实中国电科扶贫工作会议精神，服务于贵州大扶贫、大数据、大生态三大战略行动，以地缘关系和优势互补为纽带，坚持“精准识别、精准规划，精准帮扶”的原则，开展精准扶贫工作。根据贵阳国家高新区结对帮扶工作协调领导小组的安排部署，大数据院结对帮扶贵阳国家高新区雍县昆寨乡长丰村，助力纳雍县打赢脱贫攻坚战。

长丰村地处昆寨乡东北部，距昆寨乡人民政府12公里，全村地势偏僻，路窄坡陡。全村辖 6 个村民组，305 户共计 1082 人，劳动力仅有 525 个，贫困人口约占全村人口的 60%。村里信息闭塞，教育、卫生、文化条件十分落后，属于一类贫困村。大德希望小学是临近 3 个村唯一的教学点，学生 230 余人，教师仅 8 人。

愿望收集：100 个“小心愿”的准备

大数据院积极与地方政府沟通协调，深入实地与贫困学子们进行交流，了解了当地贫困留守儿童的家庭情况，并收集了 100 个贫困学生的“小心愿”。

收到孩子们的“小心愿”后，大数据院的志愿者们积极行动，向公司内部发起倡议，号召全体员工按照“自愿参与、积极作为，尽力而为、量力而行”的原则进行认领结对，帮助山区孩子们圆梦。

为帮助孩子们实现心愿，大数据院各部门的“圆梦志愿者”纷纷行动，将物资和每个孩子的身高尺码、性别、需求一一匹配，在规定时间内迅速完成了物资购买、分拣、打包等工作。

圆梦行动：点亮孩子们的心愿

天刚蒙蒙亮，“大爱电科 · 爱心同行”精准扶贫行动的志愿者们就出发了。他们带着暖暖的爱心，驱车 5 个多小时，直奔纳雍县昆寨乡长丰村大德希望小学。

志愿者们依次为贫困学生送上礼物。孩子们打开心愿袋，曾经梦寐以求的新衣服、鞋子、课外书、自行车、玩具、书包、文具盒，如今就在眼前。一份暖心的礼物，一个热情的拥抱，拉近了孩子们和志愿者之间的距离。

蔡云贵小朋友从志愿者手中接过礼物后欢呼着：“我想要一辆儿童单

车，没想到我的愿望真的实现了！”

祝雪小朋友从志愿者手中接过新衣，开心地跳了起来。

……

一本有趣的课外书，一个漂亮的书包，一辆上下学路上可以代步的自行车，这对大部分家庭的孩子来说是上学的必需品；但对于贫困家庭的孩子，是一种奢望，是一个存于心底的“小心愿”。此次活动点亮了大德希望小学孩子们的心愿，更激发了他们好好学习的动力。

慰问入户：走访慰问贫困生

活动期间，大数据院根据前期走访调研，对3户单亲贫困留守儿童的家庭进行实地走访慰问。志愿团队为孩子们送去书包、文具、衣服、被子、油米等物资，并鼓励孩子们坚定理想信念，自强不息，树立远大志向，用知识改变命运，用才德回报社会，努力做一个对社会、对国家有贡献的人。

电科点亮微心愿，爱心助力大梦想。

心愿礼物虽小，但带给山区孩子们的却是一份希望，一种鼓励。愿每一个爱心心愿都能化成一缕缕阳光，汇聚成一股股甘泉，滋润孩子们的心田。

第3章

电科扶贫·心声

让乌蒙山“牛”起来

力　鑫

我叫力鑫，是电科网安的一员，也是电科大家庭的一分子。2018 年 8 月，受集团公司指派赴电科定点扶贫县——四川叙永挂职人民政府副县长开展扶贫工作。

扣脑门促管理，想点子助转型

2018 年 8 月我刚到县里时，高家村、白腊苗族乡亮窗口村、高峰村的 3 个集体经济养牛场，当时存栏不到 90 头，养殖规模和效率不理想。在多次走访调研中发现，设备设施保养管理不到位、饲养技术不规范，处于“想怎么养就怎么养”的状态。在与村干部交流中发现，由于购牛渠道不畅，活牛收购价格与活牛销售价格出现倒挂，算来算去养牛没有利润，加上人员工资、草料成本，牛场出现了亏损。

在与基层干部认真分析情况后，我按照集团帮扶方向，指导三个牛场制定了相关整改计划，从规范管理制度到明确管理责任人，与电科驻村第一书记制定年度工作计划，确保脱贫攻坚任务和集体经济两手抓。

每半个月我都会坚持到亮窗口或高家村督促整改，帮助解决问题，协调镇、村关系。工作逐渐有了成效，情况有了起色，要求严了，明白了自己该干什么，怎么干，工作也就更加顺畅。

识地缘见成效，看产业谱新篇

内部管理的强化让“养牛”变得更加科学，但真要创造经济价值，还需要在“卖牛”上下功夫。

产业发展关键在两端，生产和销售，以现在的饲养成本卖活牛肯定亏损，要提高牛肉附加值那就只有走深加工这条路。于是2018年9月我和电科驻村第一书记开始谋划深加工，指导高家村注册了“乌蒙好牛”品牌，开发了冷鲜肉系列产品。但由于叙永县冷链物流不完善，运输成本高，抬高了产品成本和价格，不利于市场接受，年底我又通过央企挂职干部联系上了阆中张飞牛肉开始探索合作开发深加工产品。从而建立了从购牛—养殖—加工—销售的全产业链模式，产业实现了产品化，牛肉的附加值提高了，每头牛的利润提高到了7000元。现在亮窗口村和高峰村牛场已经与高家村建立了委托销售合作，以点带面的效果显现出来，真正践行了集团“因地制宜、造血为主”的扶贫方针。

2019年以前，亮窗口牛场的牛儿的口粮都靠买，收购价格高、运输成本高，2019年3月，亮窗口村通过定向种植和定向收购的方式流转了140余亩贫困户土地种植牧草和全株玉米，不仅解决了牛场草料问题，还带动了贫困群众增收。2019年9月27日，集团公司党组领导亲临亮窗口村牛场，见证了44户玉米种植户在牛场领取了24万元的玉米收购金，户均增收4500余元，增收最多的一户领到了1万余元，这是“精准扶贫、电科特色”扶贫成效的充分体现。

通过我们的不懈努力，2019年高家村集体牛场实现680万元的销售收入，全年实现利润70万元，位列全县248个村社集体经济第一名。亮窗口牛场，全年实现销售收入100余万元，利润9.6万元，实现了集体经济扭亏为盈。现在牛场红火了，群众分到钱满意了，村社干部有了目标更积极了，乡镇干部看到效益更主动了。

有了模式，就有了希望，持续巩固形成长效才能真正实现造血。更为重要的是，所有的工作都有当地贫困户和村社干部的参与，他们不仅仅是产业扶贫的参与者，也是脱贫成效的受益者和见证者。

行田间无畏惧，洒汗水有初心

初次进牛场，我是捂着鼻子进去的，待了不到10分钟我就想往外跑。不仅是因为味道很“酸爽”、很“生态”，更可怕的是黑乎乎小指头大小的“牛蚊子”，在身上一叮就是一大片红肿，奇痒难耐。

但要想搞清楚情况，看得懂牛的长势，受不了也得受。外出学习考察养殖企业和市场，偶尔也要忍受一些刺耳的“褒扬”：中央企业搞养牛，真是高射炮打蚊子。这个时候，笑一笑，埋头干，也没啥。现如今，给我一包瓜子，我可以和你唠一天一夜的“牛经”，这些都是我们电科挂职干部长期钻山沟、进牛圈、跑企业，双手合十、点头哈腰求教来的。在基层工作，脚不沾泥、头不点地是学不到东西，也交不到朋友的。

中国电科总经理、党组副书记吴曼青院士到叙调研时指导说，要带着真情实意扶贫，才能扶好贫。因此在叙工作期间，大部分的时间我都在基层转，到集体产业看、到群众家里看、到田间地头看，慢慢的真情实感也就出来了，能听懂他们的方言，看到他们真诚的笑容，我觉得我和他们就是一家人。

扶贫蓝图绘到底，但叫乌蒙焕新颜

自2013年起，中国电科党组就制定了符合叙永县中长期扶贫工作的规划，在春潮澎湃的中华大地，在繁花盛开的乌蒙山间，无数电科儿女行走在扶贫路上，按照集团扶贫蓝图，挥洒着热血与青春，为贫困地区的发展注入强劲的电科活力。一年年、一岁岁，乌蒙的泥丸已经变成了宽阔的水泥路，往日的闭塞山村张开了热情的臂膀，电科儿女用实际行动在这场伟大的事业中刻上了深深的电科印记。

有了新产业，小山村焕发出勃勃生机

田　煦

我叫田煦，是电科天奥的一员，2019 年集团公司派我来到叙永县江门镇高家村驻村担任第一书记。

四川省泸州市叙永县江门镇高家村，一个曾经在地图上都找不到的小山村，地处偏远，属于乌蒙山集中连片的特困地区。自从开展脱贫攻坚工作以来，有了精准扶贫，有了中国电科的定点帮扶，让这个贫困小山村发生了美丽蜕变。

自 2013 年，中国电科开始定点扶贫国家级贫困县四川叙永县，确定了“因地制宜、精准扶贫、造血为主、电科特色”的工作方针，各级领导干部、帮扶力量积极投身定点扶贫工作，为高家村脱贫攻坚、基础设施、产业发展等做出了重要贡献。

我们通过实地调研，充分论证，因地制宜在叙永县重点打造“集体经济平台＋农户家庭散养”的专业化绿色循环发展模式。村集体经济通过流转贫困户撂荒土地，定向种植、收购牧草和全株玉米；修建沼气池，利用粪肥制沼解决牛场冬季取暖问题；通过干湿分离设备制作有机肥，作为生态肥料回归农田或再销售，形成牧草供给、绿色养殖、粪肥制沼、肥料归田的绿色循环发展模式。

"没有国家的精准扶贫，没有中国电科这样的帮扶单位，没有产业扶贫项目，估计我现在还在建筑工地里当小工干苦力呢!"这是高家村贫困户刘小彬经常提起的一句话。

刘小彬，叙永县江门镇高家村9社建档立卡贫困户，家里共六口人。父母因病均丧失劳动能力，两个孩子，老大在读高中，老二在读小学。刘小彬和妻子都是小学毕业，缺乏文化及专业技能，全家仅靠他们二人常年在外从事建筑务工来维持一家人的基本生活。原来，一家人蜗居在50年代修建的土坯房内，适逢雨时，外面下大雨屋内下小雨，随时有垮塌的危险。面对这样的窘境，刘小彬并未向现实低头，毅然决然地挑起重担，为一家老小撑起这个虽不富裕但却温暖的家。

2018年3月，中国电科在高家村建成存栏220头的二期生态肉牛养殖产业基地，并开始组建运营团队。刘小彬得知消息，第一时间找到中国电科扶贫干部报名加入牛场。但是此举却遭到家里人的极力反对，认为他一没技术、二没经验，牛场又是村集体产业的核心项目，大家心里都没底。于是，扶贫干部和村两委便主动上门去沟通，做思想工作，宣传村集体产业的发展规划等。经过多次入户沟通，家人被帮扶干部的执着所打动，终于同意让他先试试看。

刘小彬进入牛场，便开始了他的致富之路。学习养牛技能，钻研牧草种植技术，跟随第一书记外出参观学习，了解市场行情等。为了促进他和其他成员能够快速成长起来，掌握更多的养殖、管理、销售技能，中国电科专门为高家村集体经济提供培训经费30万元，专项用于村集体经济产业人才培养。大家前往各地学习培训，向养殖专家学技术，同优秀企业学管理，学习先进方法，讨教实践经验，形成一支带不走的人才队伍。就是这样一个小学文化水平的贫困户，在中国电科的产业扶贫培养中，如今已成长为高家村牛场的场长、村上的致富带头人。仅在牛场务工一项便可以实现年收入超过6万元，还可以在家门口照顾年迈残疾的父母，培养自己的孩子。这是他做梦都不敢想的幸福日子。现在，他只要提起牛场的工作，聊起养牛经验，便可以侃侃而谈一整天。

在中国电科的产业扶贫助力下，高家村牛场已形成集采购、养殖、委托加工、销售配送为一体的全产业链集体经济平台。从模式单一的村集体经济成长为一家小微企业。2019年高家村牛场产品带动3个村累计出栏276头，产品销售收入683万元，高家村净利润57万元，村集体经济收益位列全县第一。

目前，高家村电科牛场绿色发展模式已经成功推广至叙永县白腊乡亮窗口村和高峰村，并且仍有许多村社前来参观交流。为了实现产出效率提升、规模扩大、带动面更广，高家村与其他两个村一起组建了联合运营组。从而促进集体经济人才队伍不断壮大，产业规模逐步提升，自我“造血”功能持续增强。

现如今，这里没有人不晓得高家村牛场，也没有人不知道中国电科。原来的小山村有了新产业，焕发出勃勃生机。村民们能出力的出力，能种草的种草，共同建设牛场，高家村牧草基地也已经由原来的十几亩发展到现在的一百多亩。有位大爷给外村的人摆龙门阵“我在高家村几十年了，从来没想过有一天高家村能有这样的发展，养牛居然能赚那么多钱，还能给我们分红，做梦都没想到!”短短的几年时间，这里已不再是曾经的贫困村。高家村的村民可以挺起腰杆说自己是高家村人，外村人再听说谁是高家村人，都羡慕得不得了。

现在，我很骄傲，因为高家村已经是远近闻名的优秀村、示范村、文明村。

三幅画面，一起领略扶贫干部的日常

张 伟

我叫张伟，是中国电科下属声光电公司一名普通青年职工。2017 年，根据集团公司统一安排，我来到全国集中连片特困地区——乌蒙山片区四川省叙永县江门镇高家村担任驻村第一书记。

暑往寒来，一晃已是两年春秋。回首来路，驻村工作让我经历、收获了很多，那些美好的回忆就像高家村坝子里夜晚的繁星，熠熠生辉、闪耀动人。

挂图作战，朝着“改变”奋斗

“张伟书记，牛场第一批肉牛出栏销售款已经到了，你看咱们下一步怎么干?”2017 年 12 月 31 日，高家村党支部书记何小林拿着汇款单据来找我。

恰好这两天，我也正在琢磨这件事，我对他说：“老话说得好，‘家财万贯、带毛的不算’，牛场一定要把养殖销售转起来。这几天我写了一个大致方案，大方向上至少‘管三年’。你来看这张‘集体经济年度发展作战图’，按这个路子一步一个脚印地干，把龙头企业养殖基地建起来、特色肉制品推进城、农村经营人员培养起来……”，说着我们一起讨论起来。

“对！对！张伟书记，就是这样，牛得进城才能卖出好价钱，培养起村里的‘牛经理’‘牛行家’才能有大发展!”，何小林的眼睛逐渐亮了。

这时，我来到高家村已经4个月，慢慢适应了环境，工作也有了头绪。几天前，我在这里度过了30岁生日，“三十而立”这个词，于我而言有了别样意义。它绝不能是时间徒然流逝的载体，应当是心性愈久弥坚、目标耕植长成的标尺。

打基础、利长远，产业帮扶项目初见成效，再次吹响了朝着“发展生产脱贫一批”“扶贫扶志、激发内生动力”目标奋进的号角。

我想，为了改变，为了更好，必须挂图作战，加油奋斗！

乌蒙好牛，熬更守夜“争气”

2018年10月16日，国家扶贫日的前一天，为了准备“乌蒙好牛”集体经济品牌发布会，这天我们又工作到了凌晨3点。

“展架装好了，商标展示效果图已经导入电视显示屏，样品、包装要六个小时后和冷链运输车一起到达，《龙头企业牛源基地合作框架协议》打印了，主持词写好了、座签摆好了……”我逐一盘点着发布会的物料。

10月，是脱贫攻坚年度考核的关键节点，县里面也刚召开了年度达标认定、迎检动员会。考核的时间紧、任务重，为此整个月我都十分忙碌。白天入户核对、记录新版《帮扶手册》信息，晚上逐户对照录入App达标数据、输出打印，后半夜还要更新广告公司和肉牛屠宰合作企业“乌蒙好牛”产品试制的包装规格。

“书记，先忙完十月份入户填表工作，再干牛场吧！还是要少熬夜。”村长沈运才关切地对我说。但是，像这种抓市场、“抠脑壳”的事情，还得靠第一书记和驻村干部。压力大，更要争口气！这不仅是精准扶贫一个考核年度的攻坚月，更是高家村集体经济产品化发展的关键月。

我暗自想，一定不能松懈，要给高家村争口气！说了算、定了干，年初和村班子一起定下的目标，一定要完成。

“村里是为我们好”，草基地里见情谊

2019年2月25日，上午8点，我们深一脚浅一脚地走上了高家村七社幺果坪地块。雨雾蒙蒙看不见远处的田坎，软烂滑泞的稀泥路上，一个小朋友背着小书包、穿着小雨靴和着泥水走在满眼的雨雾里。

选择在这里新建牧草基地，除了便于集中连片管理之外，还因为这里农户相对集中，但路却是稀泥路。我们希望通过集体经济项目，带动解决“行路难”问题。最初设想是先铺碎石，等牛场稳定盈利后，再协调帮扶资金或向上争取土地整理项目。“不管怎样，100天内，一定要让这个小山包变个样！”我暗自想，路上铺碎石，下雨就不再稀烂难走，三轮车、摩托车就可以进来；坡上种上草，至少有个三十亩集中连片，牛的口粮就有保障。

设想是美好的，但是，中间还是出现了意外情况。

一位60多岁的老奶奶不由分说地冲出来阻止量地！原因是她家有“四窝”竹子在初步规划的路上。然而就在前天，村里面向涉及地块的农户召开的协商会上，老奶奶家并没对约定的租用和补偿标准提出异议。

事出突然，有干部提出：“书记，只要能干成，这一户我自己掏腰包，多赔她400块怎么样?”

“这一户赔了，后面再出现这样的情况怎么办?”我没有同意。

“不要村上赔，张伟书记为了这个事情都跑了我们这边这么多趟了！我拿出我家自己地盘上的竹子跟她家换！村上这是为了我们这个地方好，我支持！”旁边的老赵头开腔了。

这样的转变让我惊喜。村民是可爱、可敬的，更是支持我们的。村集体发展后，村民的想法也在一点一点转变，慢慢接受种草养牛这样的新生事物。这种转变，也从一个侧面说明几年来几任帮扶干部的努力，正逐步被大家认可。

用“辛苦指数”换取群众的“幸福指数”

胡少鹏　张　凯

张凯，男，汉族，1988年6月出生，陕西铜川人，2007年6月加入中国共产党，2010年8月参加工作，2018年7月经中国电科20所选拔推荐，代表中国电子科技集团有限公司赴绥德县挂职副县长，从事定点扶贫工作。让我们追随着这位年轻、帅气、阳光的扶贫干部，回顾他的扶贫之旅和他的“指数”换算法则……

苦口婆心“杜仲”开启致富路

绥德县高家沟村主任李增发这样说道：“见到张凯副县长的第一印象是这个毛头‘小后生’他能干成什么事？估计来这儿也就混两年就回去了。”可随着时间的推移，李增发的看法也发生了根本转变。一双布鞋、一顶草帽，山里沟里、田间地头，这个娃娃县长不简单，带着大家出去看，领着大家谋出路。为了村集体发展和大家争得面红耳赤，他提出要把花了很大代价平整后的土地用来种植杜仲。杜仲是啥玩意？没听过、没见过，值不值钱？好不好活？高家沟村祖祖辈辈都是种粮食还吃不饱的光景，这段时间村两委班子好不不容易做通群众的思想工作同意种植山地苹果，现在要改种从来没听过的杜仲？哪个老乡能转过这个弯。但张凯副县长说干就干，他先给村两委班子讲清了杜仲的特性、售价、优势等，打消了村干部们的疑虑，然后挨门逐户、苦口婆心向村民解释。利用地方政府优势，他主动联系上门拜访国内一流农业高校、院所，引入杜仲产业，提前对接好销路，联系上级主管部门策划实施微波热风组合烘干设备论证研制工作，实施“梯田水肥一体化滴灌项目”，建设“产学研”实验室，实地开展农业技术培训，形成了一套集“产销研学用”为一体的扶贫新模式，带动了全村村民包括建档立卡贫困户 115 户 332 人实现了脱贫致富。年底分红的时候，大家都露出了幸福的笑容，短短两年，从悄无声息到出现“杜仲园”，一个无人问津的陕北好几道山沟沟里的贫困村落，到现在来的外地人也多了，主动上门找合作的多了，有全国各地林学专业专家学者观摩调研、有食品药品行业开发机构，关注的多了，群众的心更踏实了……

埋头苦干 到群众中去“接地气”

高家沟村村民高福战这样说道：“听说村里来了一个娃娃副县长，凑着热闹就去了，白白嫩嫩，一口普通话。没想到，他竟然主动过来找我聊天，把我还吓了一跳。他握着我的手向我询问村里的情况和一些务农的常识，还说：‘福战叔，以后还得多向您请教和学习，工作上也希望您能多支持。’”现在的农村，青壮劳力太少了，他经常到地里跟着我们一起干活，一身土、一脚泥，自己背着药壶给杜仲打药，夏天胳膊晒蜕皮，白净的脸愈发黝黑。现在他的陕北话比我都地道哩，和村民坐一起聊天，不仔细观察都没人会发现他。去年杜仲产业上给我分红了 2 万多元。今年，有一次和张县一起在地里锄草，他说：‘最近是杜仲生长的关键时期，保墒缓苗工作不能有半点马虎，浇水施肥都得跟上。’我应声到：‘好的张县长，我安排。’做事先做人，一个大城市来的年轻人能俯下身子为高家沟村付出这么多，还是20年不变长效扶贫产业，村里人都看着呢，就凭这股付出劲儿，天天来，天天看，他的人品我信赖”。

西北农林科技大学朱铭强教授这样说道，“张凯啊，他的那份认真和执着，我是佩服！拿着一封县政府的介绍信，直接找到我们，没有架子、没有套路，一腔热血、软磨硬泡，前前后后来了10多回，详细了解杜仲及其经济效益，杜仲具有‘当年种植、当年见效、一次种植、连续收益’、农民参与门槛低，粗放式管理等特点，当他兴致勃勃得提出科技扶贫农村产销学研一体设计时，在他那股坚持不懈的劲头下，我们也被感动了。我们一起论证并实现了‘陕北丘陵沟壑区杜仲叶林栽培技术集成及示范基地’建设，他经常给我打电话，咨询杜仲种植和生长各个环节需要注意的事项，多次把我拉到地里实地察看杜仲生长情况，让我分区域取样、化验土壤情况，并为村民讲解杜仲各个生长期的种植方法以及叶子采摘技巧等。现在，我觉得他已经是杜仲种植的行家里手了，作为科研工作者我们愿意和这种有干事创业热情的人一起愉快共事，一起为实现杜仲“兴国”梦想而努力”。

良苦用心 下好绣花功夫

四十里铺镇中心小学副校长刘丕元这样说到，说起中国电科和张凯副县长，首先是感谢，其次是抱歉。记得那是2018年的冬天，科技小屋才刚开始建设，张县长到现场察看，明确要求屋顶的图案，桌子的形状、材质，墙面的布置等，太细致了，那会还不能理解张县的用意，心里想着：“不就相当于一个实验室嘛，哪来那么多事。”后来，随着中国电科捐赠物品的增多，来科技小屋调研，开展科技教学活动的增多，才明白当时张凯副县长的良苦用心。截至目前，学校已收到“天宫二号”“空警200”等几十个模型，以及“3D打印机”、“尖端放电”、“真空中的物理现象”、台式电脑、航模、各类书籍等丰富的教学器材；开展了青少年科普实践体验、“大爱电科——院士科技行”、陕西科普使者进校园、大爱电科融情科技行等一系列活动；陆军院士还自愿出资 10 万元用于引导学生从小爱科学，鼓励教师授课讲创新，帮助贫困学生和教师。现在，孩子们学习科学知识的热情高涨，为此学校专门成立了社团，固定每周四下午开展活动。同时，每学期针对三~六年级学生进行科普实践轮训，今年还成立了航模小组。科技小屋的建成使用，惠及了专任教师 60 人，学生 1094 名，我们的教学手段更加丰富了，对外竞争力更强烈了，山沟沟里的娃娃们从科技小屋认识了我们伟大的祖国。

绥德县科技特派员王亚武记得张凯副县长经常提及的一段话：“精准扶贫关键在于激发内生动力，激发内生动力关键在于让贫困户能有一技之长。通过开展一系列有针对性的农业科学技术培训，培养一批有文化、懂技术、善经营、会管理的新型农民，使其充分依靠农业科技创新，享受成果转化红利，提高自我发展能力，真正实现脱贫致富，短期来看未必立竿见影，必须持续坚持一以贯之。”今年，张凯积极向中国电科集团申请专项资金，主动与农业高校对接，起草并协调县扶贫办印发了《绥德县科技扶贫培训方案》，建立了“直接汇报、上下联动、亲自协调、亲自督导、共同发力、各界参与”的扶贫工作机制，自上而下打造了一条资源共享、各司其职的强有力工作链条，在绥德县 8 个乡镇开展农业科技培训，培训各类人员 4000 多人次。

苦心积虑 让群众实实在在受益

绥德县政府办科员刘畅这样说到，水滴可以折射出太阳的光辉，沙粒也可以凝聚成塔底的基石。张凯副县长在紧盯杜仲产业发展的同时，还策划实施了智慧农业试点（可实现移动终端实时监测大棚内温度、土壤墒情等数据，以及控制灌溉等，实现精准控制浇水量、施肥量等，为大棚种植创造优势生长环境，促进设施农业提质增效）、力促村级分布式光伏发电（已实现并网发电，将保障前湾村集体有20年的持续收益）、对接电科"梦想1+1"工程（每年给每名贫困学生资助2000元，2017年至今累计资助近800人次，150余万元，极大地减轻了贫困家庭生活负担）、联系策划实施绥德县消费扶贫示范工程（截至目前，共累计购买绥德特色农副产品1000多万元，直接带动农民专业合作社贫困人口千余人提高收益，促使现有农副产品从粗放式加工向集约式转化发展）、太阳能路灯（目前，累计安装约3000多盏太阳能路灯，照亮了40多个村庄、7000多户、2万多人的夜间出行道路，为当地老百姓带去了光明，点亮了他们的幸福生活）、农村安全饮用水质量提升（有效减少农村涉水性疾病，精准解决高家沟村村民饮水安全问题，确保了高家沟村441户1221人饮用水安全）、北斗心合·心电仪（覆盖县域范围内符合条件的17个镇卫生院和265个村卫生室，全面提升绥德县慢病早期筛查及预防管理工作水平）等一系列科技扶贫项目，形成了一个分梯次、有重点、广覆盖的扶贫体系。

张凯在挂职以来，坚持深入基层一线，下乡督导、调研百余次，有时为了赶进度，他中午也顾不上吃饭，白天现场督导，晚上梳理工作思路。经常熬到凌晨3、4点才休息，早上7、8点又进村。他经常自掏腰包请身边工作人员吃饭，把他们当朋友、当兄弟。

"农村广阔天地，科技大有作为，我们面临的是农业现代化、设计的是未来农村农业，短期内要扭转他们思维意识形态，还需一段过程，等他们以后逐渐明白了，会感激我们今天的付出。"就像张凯一直强调的那样，坚持"科技扶贫"目标，认真干好每一件事。通过采取校企双向合作方式，优化帮扶项目短板，重点从科技智力帮扶、电科消费帮扶、科技基础设施帮扶、科技助推产业发展四个方面，全面发挥中国电科的

“智慧”和“力量”。2 年来，他成功将旱地作物种植与节水灌溉示范有机结合，将生态修复造林和高经济乔林模式有机契合，将科技助力提质增效与扶贫产业发展高度融合，用他苦乐自知的“辛苦指数”，换来了群众的“幸福指数”。

革命老区寄深情，脱贫攻坚铸忠魂

——记中共长汀县委委员、常委 贾坤

黄庭柏　王晓冉

“从住所出来，穿过只能容一人横身通过的狭窄铁皮门，沿着两侧布满苔藓的石板阶梯拾级而上便来到了长汀县委大院。”这是贾坤在长汀期间行走最频繁的一条路线。如今，这道铁门依旧会在早上 6 点开启，晚上 11 点关闭，却唯独不见贾坤的身影。他的生命之门在 2018 年 6 月 7 日被永远地关上了。

贾坤同志在福建省龙岩市长汀县扶贫期间，前交通桥动脉瘤破裂出血引起蛛网膜下腔出血，经抢救无效，于 2018 年 6 月 7 日凌晨 2 点永远地离开了我们，年仅 40 岁。

贾坤，四川巴中人，1978 年 6 月出生，2000 年 4 月加入中国共产党，2003 年 7 月硕士研究生毕业于四川大学无线电系物理专业，之后来到电科天奥工作，先后就职于电科天奥 103 室、系统部 103 室、设备部 205 室、侦察识别雷达事业部、市场处，中国电科军工部重大项目办、福建省龙岩市长汀县委。生前为高级工程师、电科天奥市场处副处长，中共长汀县委委员、常委。

2018 年 6 月 10 日上午 8 点 30 分，贾坤同志的遗体告别仪式在龙岩市

新罗区殡仪馆举行。集团公司党组对贾坤家属表示慰问、敬献花圈。贾坤同志亲属、生前好友，集团公司相关部门领导，龙岩市、长汀县及市县有关部门负责人，电科天奥领导、员工，用户朋友从各地赶来参加遗体告别仪式。

“电科天奥侦察识别雷达事业部总师办最年轻的总师、电科天奥技术专家人才库最年轻的专家之一、成都市青年岗位能手、四川省劳动模范、中国电科七好党员、中国电科定点扶贫和支援革命老区先进个人……”贾坤曾有过很多的身份角色变化，但他的最后一个身份是“奋战在扶贫和革命老区建设一线的战士”。

“要更多地深入乡镇、贫困村、贫困户家中”

2018 年 6 月 20 日，是贾坤 40 岁的生日，但他却未迎来不惑之年的人生再出发，一名共产党员 40 岁的脚步，永远停在了脱贫攻坚的路上，留在了“一川远汇三溪水，千嶂深围四面城”的革命老区——长汀。

“要再学习，凝聚脱贫攻坚‘正能量’。以扎实的举措、有力的行动，过硬的作风打赢打好精准脱贫攻坚战。”

“要再深入，树立脱贫攻坚‘目标靶’。抽时间更多地深入乡镇、贫困村、贫困户家中，倾听民意、了解民情，知道镇村干部的所思所想，农户的所期所盼。”

“要再出发，当好脱贫攻坚‘突击手’。带着感情真扶贫、扶真贫，主动架起中国电科帮助长汀发展的桥梁，推动老区转型发展。”

去世前 30 天，贾坤在中国电科 2018 年度扶贫工作会后道出的打赢“脱贫攻坚战”的信心和决心犹在耳畔。如今却是斯人已逝、事业未竟，天妒英才、悲痛满怀。

透过贾坤办公室的玻璃门可以看到文件柜上所有材料均按照学习资

料、党建工作、脱贫攻坚、项目工作、群团工作、农业农村的标签分类整齐地摆放。贾坤扶贫期间的工作仿佛通过这六个标签便清晰可见，但每个标签背后又有着道不尽的初心衷肠。

2014年起，军工集团开始支持革命老区建设，2017年12月，作为中国电科选派长汀挂职的扶贫干部贾坤，承担起中国电科军民融合产业发展、长汀产业化项目建设，协助农业农村、群团工作，协助联系项目建设工作的重任。长汀县有庵杰、铁长、羊牯、宣成、红山5个贫困乡、78个贫困村，现有建档立卡贫困户6234户20797人。

"毕业后一直在国企工作，基层工作经验零基础。"贾坤深知自己首先要面对的难题就是如何转变角色、快速融入，如何将党中央脱贫攻坚的要求、集团公司党组关于定点扶贫和支援革命老区建设的总体部署扎扎实实落到实处、发挥实效。多年在军工科研一线的摸爬滚打，27岁就承担型号项目总师的历练，使贾坤养成了"面对未知领域非常善于学习，遇到难题千方百计想办法"的风格。从挂职任命到去世，虽然只有不到7个月时间，但贾坤以自己的"用心、真心、细心"在扶贫一线留下了自己深厚的足迹，镌刻下了中国电科人干事创业的拼搏精神，书写下了一名共产党员的历史使命感和责任感。

用心：把精准扶贫落实在项目上

"扶贫开发推进到今天这样的程度，成败之举在于精准。"

如何做到精准？知己知彼才能百战不殆。贾坤坚持"干什么学什么，缺什么补什么"的原则，为了快速熟悉扶贫工作，贾坤一方面勤动脑，查阅长汀县委、县政府有关工作报告，县志、县情介绍、统计资料等；有针对性地学习军民融合、招商引资、脱贫攻坚、稀土及稀土产业、竹业加工等相关政策法规和专业知识。《党员应知应会知识》《脱贫攻坚二百问》

《促进工业企业发展政策选编》《17 种稀土元素用途》等资料至今仍摆放在贾坤的办公桌上。另一方面多深入，在一线扎得下根，才能赢得民心。满满当当的行程表记录下了贾坤深入扶贫一线的忙碌身影，他生前已走访长汀全县 18 个乡镇中的 17 个乡镇，其中有 4 个是贫困乡，进村入户走访贫困群众，实地了解贫困群众生产生活现状，掌握第一手资料、收集最急迫需要解决的问题。

俗话说，知易行难，如何将精准做成、做好？贾坤将长汀优势资源和中国电科特色相结合努力架起一座“桥”。

作为军工电子“主力军”，中国电科拥有推进军民结合的先天优势；作为中国革命圣地之一，自然资源丰富的长汀具有发展军民融合的良好土壤。挂职期间，按照中国电科“因地制宜、精准扶贫、造血为主、电科特色”的扶贫总体思路，贾坤努力做好中国电科与长汀之间的沟通和信息联络，奔走在项目一线，积极推动集团公司与长汀的深度合作，带领长汀县军民融合办到电科声光电洽谈钐钴永磁材料生产线项目、与中国电科福州智慧院洽谈长汀智慧城市顶层设计项目，为长汀争取到了一大批生产性建设项目和军民两用技术合作项目，将中国电科推进革命老区发展的部署落到了实处，特别是在推动在北斗、智慧、数字经济、稀土应用等方向的合作，推动老区转型发展。

要想以点带面，从零散的项目扩展成长汀的大形势，形成更持久的发展后劲，不仅需要项目引得进来，更要本土企业走得出去。为了加快推进长汀的发展，贾坤带领本土企业努力打通一条“路”。贾坤在忙着深入挖掘长汀县后备企业，引导纺织、机械、医疗、食品、稀土等优势企业加快民品参军步伐。

2018 年 3 月 6 日，贾坤到长汀当地服装民企卡鑫隆服饰公司、福丰服饰公司调研时了解到，这两家公司均拿到了部队采购资质，但在历次部队招标中，均以一两分之差，与订单失之交臂。贾坤结合自己招投标工作的经历，对两家服饰公司的招投标工作进行了具体指导。2018 年 3 月 16 日，贾坤通过龙岩市军民融合办，联系到龙岩的一家纺织有限公司，该公司也具备部队采购资质，并在最近刚刚通过竞标拿到了部队的军需订单，随即带领两家公司负责人前往龙岩调研取经，与企业一起谋划思考如何打通“参军”这条路。此外，贾坤还多次到当地盼盼食品有限公司调研，帮助协调解决存在的问题，指导开展民参军工作。

架起一座“桥”、打通一条“路”，是贾坤在精准脱贫攻坚一线“用心”为长汀谋发展的自身角色定位和行动思路，在扶贫工作中不放松、不停顿、不懈怠，面对发展难题，他想方法、找出路，勤跑腿、多动嘴，为项目落地和企业发展不遗余力地协调，始终把扶贫责任扛在肩上，把扶贫措施抓在手上，用实实在在的行动践行中国电科人履行国家使命、实干进取的品格追求。

真心：将因地制宜运用到产业中

“贫困地区的发展需要因地制宜，寻找真正适合当地的产业才能对老区的发展发挥更大的作用。”贾坤与朋友谈及长汀的发展时，提到要坚持因地制宜、在精准施策上下功夫，使长汀的优势发挥出来，做一些虽然看起来比较小但对带动产业发展，促进转型升级能起到效果的事情。

带着感情真扶贫，因地制宜谋发展。贾坤对推动长汀发展的初心和真心都化为一次次利用自己的资源为当地企业搭平台、拉合作中。贾坤办公室书柜里厚厚一本的长汀县志格外醒目。喜欢翻看县志、当期情况介绍资料的他了解到当地毛竹资源丰富，竹林产业发展具有较大潜力，如果把竹业发展好，对老百姓的增收效果是直接的。

有此想法的贾坤立即搜集了竹炭、竹醋等相关资料学习了解，并于

2018 年 3 月 29 日，到当地最大的仁记竹业调研竹制品加工情况。通过实地调研考察，贾坤发现本土企业竹制品的加工工艺尚处于初级阶段，技术有待提高，高端开发利用比较少。而竹制品加工后剩下的竹头、竹节、竹尾巴等边角料，当地用烧窑或露天烧制等土法加工为竹炭，不仅效率低，而且能耗高。贾坤提出，如果采用微波加热技术进行来进行干燥、加工，不仅可以极大提高效率和质量，而且也能降低对环境的伤害。

思维活、行动快，是贾坤多年科研攻关养成的习惯，并且富有激情的对待每项工作。两天后，贾坤即率领仁记竹业赖建国一行，前往四川大学应用电磁研究所调研高能微波技术制作高质量竹炭事项，促成双方建立起合作关系，并启动竹制品微波加工实验。与此同时，贾坤还联系成都龙岩商会与仁记竹业座谈、对接，积极动员龙岩商会回长汀投资，帮助当地经济发展，推动当地竹制品加工工艺提升。

2018 年 4 月 26 日，四川大学黄卡玛教授一行前往长汀调研，考察竹制品、竹炭产业发展，目前，实验已取得成功，仁记竹业正准备带企业技术人员前往成都的企业开展更深入的技术对接；成都龙岩商会会长也回到长汀实地考察，并计划在竹制品的精深加工特别是活性炭方面开展投资。

在努力帮助本地产业转型，提升贫困地区内生动力和发展活力的同时，贾坤也在琢磨着如何把长汀的品牌打出去。为了发挥长汀的资源和专业优势，贾坤积极策划筹备稀土产业暨军民融合创新发展论坛，通过宣传推介，提升长汀稀土产业在全国的知名度。生前，已与中国电科、厦门钨业、龙岩市经信委、军民融合办沟通，组织相关部门研讨策划，形成《2018 中国 · 龙岩军民融合稀土产业发展论坛》（建议稿）并报送市政府研究。

不等、不靠，把中国电科“立足精准、做到三清”的扶贫工作要求记到心里，落实到每一步行动中，沉下心来因地制宜推动当地产业发展。在刚去长汀时，贾坤在朋友圈发了6张长汀的照片，表达了对这座底蕴深厚、人文气息浓厚的古老历史文化名城的热爱，并配文“要多走走，多感受，多做事”。这是他对这座城、对扶贫工作的“真心”。

细心：以项目思维时刻在思考

“qiang cuo”这是客家话中“请坐”的发音，来到世界客家“首府”长汀的贾坤，为了更好地融入当地文化、方便沟通交流，学起了客家话。在街上或到乡镇调研，他时常会用当地客家话跟对方打招呼，“你好，食烹了没”（吃饭了没）；有时候同事或客人到办公室汇报工作，他会以一句“qiang cuo”开场。到长汀的短短几个月，贾坤基本已能听得懂当地方言。

“贾坤最开始去可能想着是锻炼、提升，开拓眼界，但去了几个月后再和他聊天，感觉转变非常大，整个人的格局、站位，对扶贫的理解都不一样了，感觉他是真的把这件事当事业来做。”贾坤去世前一周还与好友刘茁谈及扶贫、公平、社会责任等话题，使刘茁对这位相识17年的朋友有了新的认识。

有次去乡镇调研，看到馆前镇一个废弃的旧兵工厂时，贾坤向助手张晓海感叹道，“太可惜了，当时如果把这个旧兵工厂结合当地红色革命基因加以改造，整个开发起来，做成一个体验式的旅游项目，不仅可以作为一些军工企业/军工单位的疗养地，还可以对外做旅游项目开发”。

为了长汀发展多走访、爱琢磨的贾坤还爱打听，通过各方资源到处打听有无适合长汀的项目。6月初，他从一个朋友处了解到，中国老龄基金会对贫困县有一个医疗设备支持项目，贾坤立即向民政局、卫生和计划生育局（简称“卫计局”）、老龄人工作管理委员会（简称“老龄委”）等部门了解情况，发现该项目在长汀尚属空白，贾坤觉得这个项目有较好的发展空间。2018年6月6日上午，贾坤即前往大同卫生院调研基层卫生院建设情况，向卫生院院长了解当地群众最集中、最普遍发生的疾病是什么，群众最需要、最紧缺的检查设备是什么，了解中国老龄基金会对贫困县的医疗设备支撑项目落地的可行性，并初步罗列了需支持的设备清单。该项目如果能够落地推进，将极大改善农村基层医疗设备，对群众得到更及时、更先进的医疗救助有极大的帮助。

贾坤生前常说："挂职不是围观，也不是走过场，而是实实在在的一项任务、一份责任，要有用心的态度去完成，更要在助力脱贫攻坚、乡村振兴上做出实事，向组织和人民交上一份满意的答卷"。

对于脱贫攻坚这一时代考题，贾坤牢记习总书记"决不让一个苏区老区掉队"的嘱托，用自己的用心、真心、细心做出了回答，竭尽全力交上了一名中国电科人的生命答卷，写满了对革命老区的赤诚热爱，道出了全心全意为贫困地区谋发展的拳拳深情。

一名优秀的共产党员，一名扶贫一线的战士倒在了距离家乡1755公里的地方，将自己的忠诚留在了这片红色土地、红军故乡、红军长征出发地和红旗不倒的地方。故人离去，精神永存。我们会带着他的壮志和初心继续前行，秉承着中国电科人肩负国家使命、拼搏进取的精神，继续深入更多的贫困村，用心带去更多的产业和项目，走完他想走的路，做成他想做的事，无论脱贫攻坚这块硬骨头有多硬都必须啃下，中华民族千百年来存在的绝对贫困问题，一定会在我们这一代人的手里历史性地得到解决。

死者长已矣，生者当勉励。待到电科天奥战役胜利时，勿忘来路勿忘君！

在挂职扶贫干部前，贾坤是扎根军工事业一线追逐科技梦的军工人，是年轻有为的技术骨干，是市场开拓能手。在集团公司甚至用户，认识贾坤的同事、朋友无不对他的技术水平、业务能力、人品作风交口称赞。他曾说"要以负责任的态度对待工作，以包容的态度看待工作，以勤劳认真的态度落实工作。”

贾坤的微信号叫“saintjk”，“saint”道德崇高的人。

团队成员说他有一种魔力，能把所有人凝聚在一起；

同事说他有一种拼劲，大度、睿智、富有激情；

用户朋友说他是一个正直的人，非常有原则。

这位奔走在扶贫一线的“saint”，永远离开了我们，带着对扶贫事业的无限热忱，无限的忠诚。

收获季，忙增收！倾听产业扶贫队员的心声

李金凯　程　勇　李　文　李　军

电科天奥积极响应四川省委和集团公司有关精准扶贫的相关工作部署，自2018年起对口帮扶四川省阿坝州小金县窝底乡。窝底乡是小金县最为偏远的乡镇之一，全乡以藏、回、羌族等少数民族为主，农户居住分散，自然条件差，泥石流灾害严重、土地差、无霜期短。全乡面积350平方公里，辖金山、成都、窝底和春卡4个行政村、16个村民小组，共690户、2648人。

2018年3月，电科天奥派出基建处李金凯赴金山村开展扶贫工作；2018年7月，派出制造部程勇、装备生产部李文、机动处李军分别赴成都村、窝底村和春卡村开展扶贫工作。深入一线，扎根基层，扶贫队员们立足产业忙增收，为窝底乡脱贫攻坚谋发展。在这个丰收的时节，让我们一起来聆听他们的扶贫手记，同他们一起摘下电科扶贫"硕果"。

李金凯："虽然忙碌，但我心里乐开了花"

2019年9月，是窝底花椒收获的季节，村民们的花椒采摘得差不多

了。乡上从县上争取到了一批花椒苗，由我们发放给村民。窝底海拔较高、日照充足，花椒是窝底乡最适合发展的产业。现在的窝底，遍山都是花椒，“窝底红”花椒加工基地建设正有序地推进。花椒价格每年相对稳定，村民们祖祖辈辈种植花椒积累了一定经验，收入逐年提高。

前不久，四川国有企业扶贫农产品推介展销会在四川广播电视台电视长廊举行。通过电科天奥的联络，我们获得了展位，对“窝底红”花椒进行展销。窝底的花椒肉厚、油脂多，虽没有汉源花椒的名气，却比汉源花椒更香、更麻。花椒铺开，香气弥漫了整个展区，前来参展人们被“窝底红”花椒的香味吸引而来，纷纷询问并购买花椒。看到窝底花椒如此受欢迎，忘却了疲惫，我的心里乐开了花。

程勇：“乡村振兴的关键是怎么留住人、如何增加收入”

根据小金县委和窝底乡党委安排，春卡村党支部在近期开展了“不忘初心，牢记使命”主题教育。结合实际，驻村工作队开展了主题教育培训，党支部书记做动员讲话，春卡村全体党员参加活动。党员同志们踊跃发言，建言献策，为春卡村乡村振兴谋发展找出路。大家认为，春卡村要继续发展花椒产业，今年计划利用小金县民政局的30万花椒产业基金培育花椒树苗，明年组织每户村民再栽种150株花椒树，3～4年后全面挂果，为每人每年再增收1000元打下坚实基础。

2019年，春卡村接受了省级三方验收，以98.99%的合格率通过省检，全村44户贫困户175人全面脱贫摘帽，顺利进入国家乡村帮扶计划第二阶段——“乡村振兴”发展期。乡村振兴的关键是怎么留住人、如何增加收入。现在的春卡村以“老、弱、病、残、少”居多，年轻人基本上很少回村。如何让年轻人回村发展？这是我们每天思考的问题。我坚信通过各级党委政府、驻村工作队以及村民们的共同努力，一定能找到一条符合村情村貌的可持续发展道路。

李文："紧拉贫困户的手，带领他们脱贫致富"

中国梦，是近14亿中国人共同的梦想，全面建成小康社会，是2020年必须完成的任务。在大山深处，只要还有百姓挣扎在温饱线上，这样的梦就缺一个口子、这一任务就不算完成。在实现伟大复兴的征程中，党员干部要紧拉贫困户的手，带领他们脱贫致富。

奋斗在一线上的党员干部，内心深处怀着对困难群众的关爱，变任务为责任、变压力为动力，积极主动地投身于扶贫攻坚战中。在一家一户的走访过程中，我遇见了太多卧榻病床的老人、患有绝症的病人和渴望走出困境的村里人，这更加驱使我用心去帮扶他们。

扶贫是一项重要的民生工程，在实施帮扶措施时，要把贫困群众当作亲友，倾听他们的诉求和想法，站在他们的角度思考问题。我们白天走访入户，在田间地头、山坡草地与贫困户交流，通过鼓励农户种植花椒、成立合作社、参与大病救助等方式帮助他们渡过难关，增加贫困户对生活的信心。

只有真心付出、精准帮扶，扶贫工作才会取得实效，脱贫攻坚才能取得胜利，驻村扶贫干部的价值才会得以实现。

李罕："花椒是帮助窝底脱贫致富的金饭碗"

窝底乡的天气越来越冷了，但这并没有影响窝底的花椒丰收，作为窝底乡脱贫的支柱产业，种植花椒每年可以为贫困户们带来至少5000元纯收入。

这个时候入户是开心的，家家户户的脸上都洋溢着丰收的喜悦。我们近期工作主要围绕花椒展开，因为雨水充沛，今年花椒产量显著增长、品质也提升不少。外面的花椒收购商一车一车的往外运花椒，我们驻村工作队也积极寻找花椒销售的新渠道。趁着省国资委在四川电视台举办扶贫展销会，我们带着花椒奔赴成都。活动现场，大家都为我们的花椒点赞，有的甚至老远就开始寻找飘散在场馆中的花椒香源头，看着大家对窝底花椒赞不绝口，我们心里感到由衷得高兴。

码农“赵书记”窦庄村扶贫记

——记电科博微38所派宿州市萧县永堌镇窦庄村第一书记 赵永红

吴　典　赵永红

特色产业发展由2016年的71户增加到103户，光伏发电由原来的50户增加到60户，产业养羊242只，危房改造63户，贫困户脱贫48户、73人，脱贫户人均收入由原来的3000元增加到现在的4800元……

这是一年多来，第一书记赵永红与窦庄村“两委”干部一道，立足村情，了解民意，以转变群众为抓手，拓展特色产业为龙头，提高农民经济收入为目标，交出了满意的脱贫“成绩单”。

2016年，为响应中央及中国电科的号召，赵永红被38所选派到宿州市萧县永堌镇窦庄村担任第一书记。

参加工作11年来，赵永红长期从事数控编程和加工工作，是位不折不扣的“码农”，自身勇于担当的特点以及在工作中培养的严谨细致，让他成为所内扶贫干部的第一人选。回想刚到窦庄村的那段时间，他从不适应陌生环境到走遍整个村的各家各户，从城市里来的丈二和尚摸不着头脑到踏踏实实带领村班子抓党建、强基础，重发展，跑项目……赵永红正在用实干践行党的承诺，助力脱贫攻坚！

转变角色成为窦庄人

“赵书记!”

在窦庄村老乡口中的这三个字对赵永红而言，不仅是亲切的称谓，更是一种责任和担当。

窦庄村距离县城20多公里，由于土地盐碱化严重，自然环境恶劣，基础设施落后，农民市场化程度低等，导致村民收入比较单一，是当地有名的贫困村，能否按时完成脱贫目标，这给赵永红出了不小的难题。

初到村时，对于这样一位下派干部，老乡们心中也难免会有疑问，城里人可以带领大家脱贫致富吗？面对这样的质疑，朴实的赵永红以实际行动来作答。

挨家挨户登门拜访，与村干部交心，与乡亲们知心，了解当地发展瓶颈……只有融入窦庄村，成为了窦庄人，赵永红才能把准扶贫脉，凝聚众人心，推动众人行地搞好脱贫攻坚。

发展特色养殖业 叩开致富门

统一了脱贫认识，坚定了大家的脱贫信心，如何结合当地实情，寻到充足的资金支持和适合当地发展的产业，成为赵永红与村“两委”干部的首要任务。

在赵永红心里，他清楚地知道，扶贫的关键不是“输血”，而是“造血”，要实现粗放扶贫到精准扶贫转变，需要和村“两委”干部一道觅得一个在当地具有可持续发展能力的产业，光伏扶贫就具有得天独厚的优势。

在国家政策支持下，申请来的扶贫资金可以帮助村里建立光伏发电系统，更可以为窦庄村提供周期长达25年的稳定的收入来源，而光伏发电作为最重要的清洁能源之一，又能有效地保护村里的生态环境。

确定好目标后，赵永红多次向镇党委和镇国土资源局申请项目建设用地和资金，最终在村委会西南角获准划割了7亩的闲置土地并争取到了国家扶贫资金192万元，用于光伏发电站的建设，实现了窦庄村240千瓦光伏发电站的并网发电。

除了光伏扶贫，这位窦庄村的第一书记还打起了特色种养殖产业化的主意。之前，窦庄村种植葡萄的农户很多，但产业价值低，经济效益低，销售渠道少，面对目前多元化的市场经济，传统的销售模式已远远不能适应，农户每逢葡萄收获的季节只能苦等经销商来收购，不但时常贻误了行情，还有减少农户收入的风险。

为解决这个问题，赵永红用了一个月的时间，几乎跑遍了窦庄村所有种植葡萄的农户了解情况，并与村干部一同推动成立了农产品销售公司，同时协助萧县生态果蔬种植协会成功注册了国家地理标志性商标“萧县葡萄”，在全村采取了“公司+农户，产业大户+农户，专业合作社+农户”等生产经营模式，一系列举措实施后，窦庄村推广种植葡萄达到了1200多亩，包含夏黑、玫瑰香等10多个品种，每亩收入由原来的5、6千元增加到了现在的1万多元。

夯实基础设施 利民惠村

为改变窦庄村的村容村貌，方便村民出行，赵永红和村干部一同在多个方面夯实基础设施，完成了灌溉水渠3300米，道路硬化3.6公里，砂石路1.4公里，维修机井34眼，安装太阳能路灯80盏，建设标准化公厕2座，垃圾桶200个等项目，同时联系38所，争取到了扶贫资金20万元，建立了爱心图书室、村文化广场及正在准备建设的120平方米高标准党员活动室。

感受着村里一天天的变化，91 岁的贫困户许瑞芝感慨道：“共产党好，政府好，赵永红是党的好干部，比我的亲生儿子还会照料我们”。

如今在窦庄村，像许瑞芝一样的村民还有许多，大家都真切地感受着村庄一天天的变化，在他们心里，产业经济拉活了，路灯点亮了，道路变水泥路了，能用上自来水了，危房都改造了，光伏发电也开动了，村容村貌焕然一新了，收入增加了，党的扶贫政策好，党派的第一书记更好！

为积极响应国家和集团公司号召，持续助力窦庄村的扶贫攻坚，电科博微 38 所还增派了侯克原、唐嘉到窦庄村开展扶贫工作。

雄关漫漫真如铁，而今迈步从头越。在未来，相信窦庄村的“赵书记”和他的“中国电科扶贫三人组”，将会牢记嘱托，继续以行动在窦庄村践行党的诺言，聚力脱贫攻坚！

省城来的扶贫“亲戚”肖少文

鲁　瑶

“魏圩村，大改变，村泥路，变阳关，贫困村民脱了贫，多亏‘亲戚’肖少文”。这是安徽省泗县魏圩村村民对来自省城合肥的扶贫队长肖少文的赞扬。

不惑之年的肖少文，看上去是位精气神十足的青年，他积极响应电科博微16所打赢脱贫攻坚战的号召，毛遂自荐，带领两名员工组成扶贫工作组，于2016年7月进驻泗县草庙镇魏圩村，开展定点帮扶工作。

肖少文被任命为魏圩村扶贫工作队长，他带领团队来到魏圩村刚放下行李，就会同魏圩村“两委”干部深入全村进行调研，到贫困户中嘘寒问暖，了解致贫原因。

村民的衣食住行，肖少文看在眼里，记在心里，如何才能让贫困户走出脱贫，过上好日子，这是摆在肖少文面前的紧要课题。

半夜时分，肖少文仍然在思考对策，经过深思熟虑，他决定把入村以来的调研、入户访问，写成扶贫方案与对策。经过几个通宵达旦的构思撰写，《魏圩村脱贫攻坚实施方案》跃然成章，并通过了村里扶贫大会的修改与完善。

在全村扶贫大会上，肖少文说：“我们要心想扶贫，劲使于扶贫，拧成一股绳，不打赢脱贫攻坚战，决不罢休”。一席掷地有声的话语，激起了全体扶贫队员们的共鸣。紧接着，一场脱贫攻坚战役在魏圩村拉开了序幕。

肖少文认为，抓好田林水路综合治理，是脱贫攻坚的源头。于是他带领组员深入全村地理环境勘查，科学规划，田林水路网络，并向上级写报告争取资金 1385.43 万元。

截至 2018 年 7 月，全村实现了“村村通”水泥路工程，修筑水泥路、柏油路 27 条，总长 21 公里，彻底改变了村民千百年来出行难问题。种植风景树 5000 多棵，投资 18 万元，修筑过路桥函 12 处，疏通中小排流水沟 11 条，深松土地 3400 亩，投资 20 万元，更新村办公设施，新建村部 600 多平方米。

在肖少文的倡导下，魏圩村先后建起了 1600 亩高产优质水稻生产基地；2000 亩地膜花生、西瓜种植基地；5000 亩小麦攻关，5000 亩玉米振兴基地；30 亩大棚蔬菜，109 亩薄壳山核桃 5 个产业扶贫基地，并投资 60 万元，建起了扶贫工厂，60 名贫困村民进扶贫工厂就业，月工资 2200 元、2300 元不等。另外，争取到 180 万元，使 126 户贫困村民的危房变新房。全村实现了网络通信覆盖率、新农合参合率，义务教育入学率，村民自来水饮水覆盖率四个百分之百的新格局。

在抓好扶贫攻坚硬件建设的同时，肖少文把脱贫工作的软件摆在了第一位。

魏圩村包保干部 47 人，包保贫困户 115 户，肖少文安排精兵强将负责扶攻坚台账工作，他自己主动与 5 个贫困户群众结成帮扶对象。他认为，领着大家干不如干给大家看。他不仅亲自抓好全村扶贫攻坚工作，还发扬钉子精神，挤出时间到包保的贫困户家看望、指导、解决实际问题。他坚持送给贫困户一项技术、给贫困户介绍一份工作、解决一个实际问题、克服一个困难，他经常深入贫困家庭，与他们促膝谈心，潜移默化地感化贫困户发愤图强，自力更生发展生产，脱贫致富。

同时，面对面、手把手地传授接受贫困户科学种植、养殖、加工等项目技术。平时工作中，肖少文把深入贫困户家探望、指导作为自己义不容辞的职责。他主动帮助指导宋化龄、张润荣等贫困户精心栽培大棚西红柿嫁接、修枝打杈、追肥浇水等技术，使大棚西红柿长势喜人，喜获丰收。为了给村里30亩大棚西红柿找销路，肖少文自己租来大汽车，把宋化龄等8户贫困村民的达两万斤西红柿送到省城合肥市卖高价，使贫困户每斤西红柿比在当地多卖壹元钱。2020年5月，贫困户朱学良的妻子患病住进泗城医院，肖少文曾三次前去看望，帮助朱学良报销医药费两万多元，还给朱学良就读小学的孩子朱仪义代交学费，买来学习用品，鼓励朱仪义“好好学习，天天向上”。朱学良感动地说：“俺孩子妈生病，家里亲戚都不帮忙，肖少文帮了俺大忙，比亲戚还亲呢。”

榜样的力量是无穷的。在肖少文的带动和影响下，全村47名包保干部认真履行自己的扶贫职责，他们用心，用辛勤的汗水为贫困村民解决实际问题、克服困难，进一步密切了干群之间的关系，与贫困村民交心、交流，指导他们动手，动脑，发展经济，增收脱贫，过上好日子，从而开创了魏圩村脱贫攻坚的新局面。

扶贫扶智，从孩子抓起，既是为国家输送人才，又是为脱贫攻坚长远大计增添后劲力量。肖少文按照集团公司“扶贫先扶智”的要求，帮助魏圩小学创办了“让星星”点亮，让科技“燎原”的科技小屋。让贫困孩子和留守孩子有个温暖的家。科技小屋室内设有图书区、读写区、多媒体、学习区等活动区域，肖少文协同“电科博微16所”团委投资5万元，配齐了“科技小屋”内的资料等设备，定期向贫困学生和留守学生开放活动，让学生们在“科技小屋”的知识海洋中任意翱翔，实现自己小小的梦想，并请来资深科技老教授给学生讲解科技知识，现身说法启迪学生智力，旨在把学生培养成为有理想，懂科技的有用人才。

肖少文抓脱贫攻坚工作，既运筹帷幄、谋划有方，又率先垂范，做出了榜样，他工作起来像个“拼命三郎”。他“不远万里”从省城合肥来到泗县草庙镇魏圩村驻村扶贫，从举目无亲到魏圩村村民亲切地称他为“省城来的扶贫亲戚”，有口皆碑地赞扬他是扶贫攻坚的“及时雨”。因为全村每位农户家都留下他的足迹，每个角落都洒下过他的汗水。他带领扶贫包保干部一步一个台阶，精诚所至，金石为开，魏圩村 2016 年实现 24 户 95 人脱贫，2017 年实现 70 户 173 人脱贫。

小山村的“招郎书记”

张　星

“张书记，你啊，就像是我们村招来的郎哦！我们村是真的有福气！”

“是的哩！双溪就是我岳老子家喽！”

我是电科装备派驻湖南省安化县双溪村帮扶工作队长、第一书记张星，一个说话带有湘菜味的地道东北人，一个 7 岁孩子口中“为什么不能像别的小朋友的爸爸一样陪着她”的“不及格”父亲。村民说的“招郎”，是湘桂交界地区的一种婚姻形式，相当于“入赘”。2018 年，我离开妻女，来到了村民玩笑话中的“岳父家”——双溪村。

还记得第一次到双溪村，路遇塌方，踩在 3 米多宽的碎石土路上，我犯了难——脚下是落差 200 多米深的悬崖，头上是垂悬 300 多米高的峭壁，山上林木稀疏，林下土层浅薄。距离镇上一小时的车程，横穿村落也需一小时的车程，小而散的耕地沿溪荒芜着，远而险的民居深山散布着……这可咋脱贫？我知道，或许同样的问题也困扰着村民：这么多年的扶贫没见大起色，一个啥也不懂的城里伢子，能搞出什么名堂？

“实事求是、因地制宜、分类指导、精准扶贫”，当时两眼一抹黑的我，能想到的只有这句话。现在想来，这几年我做的一切工作以及双溪村的所有脱贫成果，都是遵循着国家精准扶贫重要指示精神，在地方党委政府、中国电科、村民乡亲的支撑下，边走、边看、边学、边干、边思考、边领会而来的。

“脚下沾有多少泥土，心中就沉淀多少真情”，这是我打心眼里喜欢的一句话。初到山村，初遇乡民，我做的第一件事就是走遍全村19个村民小组、走进390户人家，看看大家的日子过得怎么样，听听大家对以后有什么打算，当然也要让大家知道“村里来了第一书记”。这一走就是两年，800多天里，我走过双溪的每一寸土地，遇过双溪的每一个村民，路过双溪的每一棵花草……所有这些，都让我真切体会到“一个贫困家庭4、5个家庭成员，在扶贫手册里或许只是一个数字，但对于那个家庭来说，却意味着生活的艰辛、处世的艰难、求变的渴望”。于是，我经常晚上到村民家开小规模屋场会，让乡亲们吐吐苦水、发发牢骚，把村民的关切记下来、放心上，带着村干部有的放矢地治痛点、攻难点、疏堵点，步步为营地抓党建、强弱项、补短板、促脱贫。“党的政策好，我们发狠干！”两年来，修路、发苗、起屋、搭桥、通水、通网……村民全都看在眼里、乐在心头，贫困户脱贫动力更足、不再“等靠要”了，非贫困户也更加理解支持村里的工作，所以，这才有了现在“招郎书记”的笑谈。

正视问题才能解决问题。我自小在城市长大，毕业后在电科装备做党建和共青团工作，“没有农村生活经历，不懂农业技术知识，缺乏基层工作经验，缺少产业经营意识”，这是我在驻村帮扶初期给自己“把脉”找到的“病灶”。“有病就要治，而且要治好”，于是我给自己开了一副“药方”——“以村为家，向老乡请教，向村干部学习，向小老板取经”，这几味“药材”虽然朴素无华，但是持之以恒，却能“药到病除”。另外，虽然存在着少许“先天不足”，但是辩证来看我也有几分“先天优势”——带好党员队伍、建好基层支部、抓好党建促脱贫攻坚，这让我在工作中真正尝到了甜头，特别是像阻击新冠肺炎疫情这样的吃劲儿关头，一个能战斗的党支部、一群合格的党员，就能挺身站出来、勇敢战下去，稳住局面、引领群众。老话说“实践出真知”，在村里工作几年后，现在的我会再补充一句“实践越多，真知越多；实践越实，真知越真。”

一段路的终点，是另一段路的起点。不论走到哪里，我都不会忘记自己曾是双溪村的“招郎书记”，我将带着这份有温度的记忆，不忘初心，不负韶华，努力奔跑在路上。

我们一直一直，向着目标挺进！

陈　放

“我们一直一直，向着目标挺进！而这个目标，就是激励我们奋勇向前、克难制胜不竭的力量源泉。”

在新冠肺炎疫情的考验下，电科网通 7 所驻村第一书记陈放带领驻村帮扶工作队，强化担当作为，合力挑重担，一手抓“防疫”，一手抓“脱贫”，围绕基础设施建设、产业帮扶推动、党建引领发展，科技志愿服务等多方面开展帮扶工作。

今年是脱贫攻坚的收官之年，是工作队所有人心头的不渝使命，更是我们开展工作的一把标尺。我们一直一直，向目标坚强挺进——

以党建工作为引领

像西尾村这样，都是务工务农的党员，比较分散，在这种情况下，怎样以党建工作为引领，精准施策发力，需要我们出谋划策。

如同抗疫物资的“及时雨”一样，7 所领导多次来村实地调研，除了走访慰问贫困户之外，还大力支持关注基层党建工作。新建的西尾村党员活动室作为“强基振兴”项目，全面提升了西尾村党组织建设和管理。

开展产业帮扶至关重要，我们联合省农科院驻清新水稻种植基地，指导贫困户种植优良水稻，打造晚稻种植优良水稻205亩，带动21户贫困户81人和种粮户实现经济增收；借助政府统筹，实施“食用菌”和“清远鸡”产业帮扶项目，带动有劳动力贫困户实现经济增收；积极推动碧桂园稻虾共养项目在西尾村落地实施，带动部分贫困户出租闲置土地和贫困户就近务工。

村民们的日子好起来了，脸上的笑容多起来了，我们的工作也更有滋味了。

就业帮扶+科技助力

有了产业，便能实施就业帮扶。我们联合教育部门完成了对33户56名有劳动力人员技能培训，会同省农科院驻清新水稻基地完成了对10户种植优质水稻贫困户专项培训；还与西尾村养殖清远鸡户联合挂牌设立“西尾村精准扶贫就业基地”，让外出务工困难的贫困户，就近在该基地务工，增加贫困户收入。

目前，西尾村贫困户劳动力56人全部参加务工，2019年务工收入达到151万元以上，为家庭带来较大的可支配经济收入，使有劳动力贫困户家庭经济收入指标达到8266元/人年脱贫标准的重要保障。

另外，我们还在山塘镇第二小学建设了“科技小屋”，并作为青年志愿服务阵地，开展常态化的科普课堂等活动；组织师生到广东省博物馆等地参观学习，拓宽孩子们的视野；联合7所基层党支部和外部企业开展助学捐赠系列活动，向学生捐赠图书、文具。

不破楼兰终不还，决胜脱贫攻坚的目标任务，我们必定拿下！

当好精准扶贫工作的"支点"

张萌萌

2016年，按照电科西北20所的安排和部署，我告别喧嚣的城市，来到位于大山之中的陇县曹家湾镇跃先村开展驻村帮扶工作。跃先村处偏僻，信息闭塞，距离县城20公里，农业基础设施薄弱，同时产业结构单一，村民收入来源主要以种植业和外出打工为主，2013年被列为贫困村，建档立卡贫困户73户，285人，贫困人口发生率78%。

初到跃先村，我清楚地认识到，扶贫工作并不是"驻村工作队"的单打独斗，更是代表着派出单位的工作成效，作为驻村工作队长必须发挥桥梁作用，当好精准扶贫工作的"支点"，充分利用20所的有效资源和配套资金，利用支点的放大作用，撬动跃先村脱贫攻坚。

发展产业是实现脱贫的根本之策。跃先村山地资源辽阔，水草丰盛，养殖产业基础资源丰盛，利用好跃先村资源优势发展养殖业也是脱贫的根本出路。一直以来，跃先村在肉鸡养殖方面具备一定规模，但由于肉鸡市场竞争激烈、利润较低，未能给村民增收致富带来太大改变，跃先村天然的养殖资源优势未得到有效开发利用。2016年10月，为进一步发挥20所下属华兴公司在绿色养殖方面的技术优势，在"大爱电科 走进跃先村"活动开展了土鸡养殖技术宣传活动，此次宣传活动引起了当地养殖户杨斐斐夫妇的兴趣，但他们心存疑虑、不愿开展土鸡养殖。后经调研了解到，杨斐斐夫妇一直经营着一家肉鸡养殖场，由于缺技术、缺资金，对土鸡销售市场信心不足，担心自己的投入会“打水漂”。了解情况后，我与村两委多次与其走访对接，最终形成了以“能人大户+贫困户”为模式，由20所出资购置1500只鸡苗、华兴公司提供技术支撑，帮扶跃先村建立土鸡养殖合作社。2017年该合作吸纳本村50户贫困户共同致富，同时被纳入“陇县双百产业示范基地”，年销售额达到30万余元，“斐斐”牌土鸡蛋已成为陇县驰名绿色品牌，现阶段该养殖规模正在进一步扩大，取得了良好的示范带动效应。

要想富先修路。过去跃先村6个村民小组一直分散居住在大山之中，经过整体移民搬迁以后，村民统一居住在山下的三里社区，“两不愁，三保障”得到基本解决，但村民耕种的土地还在山上，从跃先村到农户劳作的田间地头约11公里，该路段一直未得到硬化，“晴天一身土，雨天两脚泥”的现状严重制约着村民的农业生产。为彻底改变这种现状，我与村两委积极协调多方资源，通过“三步走”的方式最终将道路修建完成。第一步，由20所出资11万元对该道路进行拓宽和砂石硬化，把修建道路的基础设施做好；满足条件后实施第二步，积极争取县交通局“最后一公里”网通工程配套资金500余万元对该道路实施全面水泥硬化；第三步，由20所每年出资对道路部分路段进行进一步维护和修养，确保该道路完好通畅。2017年6月，水泥路正式建成通车，跃先村彻底告别了行路难，脱贫致富的步伐明显加快。跃先村党支部书记马天成高兴地说，“这条路的建成对我们村来说真是件大好事，往年车子上不来，我们收麦子还是人工用镰刀，现在终于可以用上收割机了”。

2017年跃先村66户贫困户顺利脱贫，贫困发生率降低为2%；符合贫困村脱贫退出各项指标要求，实现整村脱贫退出。2018年3月，根据陇县县委、县政府的安排，跃先村与三里营、米家山、金山寺4个村按照城乡统筹发展要求合并为三里营社区，如今村级集体经济不断壮大、“绿水青山”带来源源不断的“金山银山”，为全面打赢脱贫攻坚战、推进乡村振兴奠定坚实基础。

适应人生新角色

谢　猛

作为电科国睿14所选派江苏省宿迁市泗洪县上塘镇石庄村的“第一书记”，在江苏省委帮扶工作队的领导下，我到石庄村从事扶贫工作已有数月。从企业到地方，从职场到扶贫场，不惑之年的我在这几个月的时间里适应了人生新角色。

初识石庄，融入乡村

经过组织培训后，我正式进驻泗洪县上塘镇石庄村。当时，疫情防控是乡村治理的重要任务。在了解石庄村的疫情防控情况后，我与村“两委”班子一起商量应对措施，并开始走村入户。

当我和石庄村党总支书记石一军来到蔬菜大棚时，棚边的村干部石串丰大声询问：“石书记，您带谁来了啦?”

我笑着回了一句：“我是新来的谢猛，今后我们就是亲戚，一家人啦!”

话刚说完，我看见石书记和旁边的石串丰眼睛一亮，石书记还亲热地拍拍我的肩，说了一声“小老弟，可以”。

此刻，我心里顿时明白了“扶贫只有拉近距离、融入乡村才能打开局面”的道理。

没下村之前，我认为扶贫工作很简单，只要没事走访下贫困户就可以了，但是自己真正走村到户之后才发现扶贫工作远不止想象的那样，更多的是要担负起责任。

当我得知村里有一户贫困人家刚有家人从南京做了大手术回来，我便买了油和米去看望他们。从他们的眼神中，我看到了向往美好生活的渴望，我感到自己身上的担子又重了，也更加坚定了帮助村民脱贫致富的信心。

消费扶贫，助力脱贫

消费扶贫是帮助贫困地区和贫困群众增收脱贫的重要方式，也是中国电科扶贫工作中的一项重要举措。

为积极推动消费扶贫工作顺利开展，14 所曾号召广大干部职工“以购代捐”“以买代帮”等形式，选购贫困地区农产品，参与消费扶贫，用慈善之举帮助贫困地区群众脱贫奔小康。

泗洪是碧根果之乡，立足泗洪特有产业优势和资源禀赋，我们积极探索消费扶贫新模式，联系了拥有百万员工的富士康科技集团工会，搭建起消费扶贫平台，正筹划助推碧根果的内销工作，共同推动形成消费扶贫“人人可为，人人愿为”的良好社会氛围，为泗洪县脱贫攻坚贡献电科力量。

这段日子，我踏遍了村庄的角角落落，寻访了因各种原因致贫返贫的父老乡亲，也时常跟老人们拉家常、跟中年人聊收成聊孩子、跟青年们谈创业谈发展，有了这些宝贵经历，我对“精准扶贫”有了方向、有了动力，更有了不破楼兰誓不还的决心！

有耕耘必有收获

齐彩印

2019 年 1 月 13 日，腊八节，蓝天白云，阳光充裕，风也不太大。

一大早接到村里老党员王永祥电话，邀请我们工作组同志去家里坐坐。我这心里直纳闷儿，啥事呢？平时没有的事儿啊？

老王是村里的老党员，也是建档立卡的贫困户，村民代表，也是热心肠的人。平时见面，脸上总是笑眯眯的，很和气。在刚驻村时，工作组同志经常去老王家借一些农具，一来二去就熟络起来。一家老两口虽然日子过得清贫，但很和睦，也很知足，对当前政策很理解、很支持。

“找你们过来，有几句话要磨叨磨叨”，老王一边招呼大家喝腊八粥，一边说。原来，老王大哥这阵子通过了解市场和政策，要想摆脱目前贫困的日子，不能光靠政府救济，还想干点儿力所能及的事情。

他解释说，2019 年初听侄儿王占海说种植藜麦比较赚钱，就种了一亩多，300 斤的收成还不错，按照协议能卖 1500 元。明年想扩大种植面积，就是心里没底儿，想找我们聊聊。

我们解释说，这是政策鼓励的，但是要注意，岁数大了，要多注意身体，大量种植的事情还是让孩子们去干吧，毕竟市场是有风险的。

一边喝粥，一边聊起了村里这两年的变化。

老王说：“这几年政策好，农民都得到了实惠，过去种地要交公粮，现在不但不用交公粮，种一亩地还补贴90元”。

我解释道：“过去农民种地苦，收入低，国家困难的时候需要交公粮，现在改革开放40多年，经济发展了，要让利于民。国家现在很重视农村的发展，派工作队驻村，就是为了帮助村里谋划产业、抓基础建设，对于贫困人口还要一对一结对帮扶，争取让大家早日脱贫”。

老王笑着接话：“是啊，自打你们来村里，干的事情比过去几十年都多，老百姓看得见的有修入村公路，自来水入户，通了电视网络，还建了文化广场，卫生室，危房改造，太多了。”

扶贫队员小赵连忙说道：“这些还不够，还要帮村里谋划产业项目，比方说养猪场，光伏发电站等，要让贫困户都参与进来，都挣到钱。”

餐后，我简单又把政策重点解释了一遍：“精准扶贫就是精准到户到人，无劳动能力的，可以按照入股分红的方式参与，符合政策还能申请低保待遇。有劳动能力的安排公益岗，或者就业扶持，或者产业帮扶，缺发展资金的，可以申请小额贴息贷款。上学的孩子，义务教育阶段实行两免一助政策，保证念得起书。其他的还有基本养老保险，新农合等，确保乡亲们吃穿不愁，看得起病，念得起书，住得起房，解决农民老有所养的问题。”

临别时老王拉着我们的手说：“以后多到家里坐坐……”

五年来，我们亲身经历了许多，老旧小房的村庄变成了整齐划一的宜居小镇；贫困户从愁容满面到现在的充满自信，脸上时时洋溢着喜悦的笑容。

有时深夜静思，夜不能寐，回忆起这5年的扶贫经历，百感交集，贫困家庭能过上今天的幸福生活，其中饱含着党和政府的殷殷关怀之情，我们也因能参加这项伟大工程而感到无比的骄傲和自豪！

从仪器产线到田间地头，两份事业，一样伟大

圣方维

我叫圣方维，是电科仪器仪表有限公司生产三部副主任。2018 年 7 月 20 日，作为第七批选派干部，我有幸和另外两名同事蒋则臣、卜令辉到安徽省六安市叶集区三元镇王店村，我任党支部第一书记，驻村工作队队长。从仪器产线到田间地头，原先调试仪器的双手现在拿起了锄头镰刀，事业变了，奋斗的初心未变，肩扛的使命如初。

深入群众、心入群众、情入群众

我所在的王店村属于典型的丘岗地貌，全村辖 11 个村民小组，农业人口 612 户 1987 人。王店村是传统农业村，全村农业生产主要是单季水稻。特色经济主要有麻黄土鸡、皖西白鹅、稻虾综合养殖、淡水鱼、霍寿黑猪、手工面条等。

2014 年，王店村是三元镇 5 个贫困村之一。建档立卡贫困户 165 户，433 人，贫困发生率为 20.8%，2018 年降至 0.8% 以下。

截至 2019 年 10 月，我已经在王店村工作了 15 个月。将扶贫深入到群众中去是我们工作队在进驻之前就达成的共识。2018 年 7 月 20 日，刚到

村里工作时，我们三个人通过摸排、走访，对132户建档立卡贫困户制定“一户一方案，一人一措施”，帮扶政策涉及教育扶贫、产业扶贫、健康扶贫、金融扶贫及各类政策性保险等。巩固已脱贫户，做好边缘户摸排管理和返贫预警管理工作。脚上沾有多少泥，才能建立多少情，做好涉贫信访工作，政策才能定到群众心里。

“面向你们，跪在心里”，当一名群众跟我说出这句话时，内心五味杂陈，这种发自内心的语言是对我们工作最坚实的肯定。五个工作日给这位老乡解决了自来水的问题，看似是一件小事，但伟大的事业、群众的认可就是这么一件件小事堆砌出来的，积水成河，积土成山。今年，全村户户通自来水、村民组主路拓宽到4.5米、中心村干道亮化、电信公司为贫困户免费提供宽带服务。2019年，我们又争取到村到户资金约260万元，用于基础建设、产业发展。

党旗树起来，扶贫干起来

67名党员，是一支强大的队伍。

自打入村以来，我就在和两位同事思考如何发挥好这支队伍的战斗堡垒作用，鼓励党员冲锋在脱贫攻坚的一线。围绕“抓党建，促脱贫攻坚”，我们开展了一系列活动。2018年8月以“精准扶贫与乡村振兴思考”为主题召开第一次支部大会。2018年9月召开第二次支部大会，带领全体党员学习三元镇干部党风廉政建设及叶集区相关文件。从思想上转变，提高党员队伍的素质和能力，是为了转变大家的观念，在脱贫攻坚战斗中多贡献一分力量。

2018年10月15日，我们牵头和40/41所第七党支部举办第一次支部共建活动，上党课，赶赴革命老区进行红色教育、签署支部共建协议，正式确定党建的“亲戚”关系。而这个“亲戚”，成为产业扶贫后续开展的关键。

王店村有耕地面积约3880亩，林地约1280亩，水面约360亩，民户居住分散，平均占有林地面积大，这一特点，加上40/41所第七党支部在养殖上的技术优势，我们打造了王店村孵化养殖项目，党建带动产业，拓宽了销售路径。“造血”扶贫，我们第一次觉得将扶贫工作做到了骨子里。

作为一项能从骨子里脱贫的方法，产业扶贫的路子远不止这些，徽姑娘乡情农家乐挂牌、千亩稻虾立体养殖、野鸡养殖纷纷上线……

每次到贫困户家里调研，我走在村里的泥土路上，看到村里的孩子在路边嬉笑打闹，我深深地感受到村子的希望在他们身上，他们是祖国的花朵，也是村子的未来。“把科技小屋尽快建起来！”今年8月份，配套有最新教学仪器的科技小屋投入使用，学生第一次接触到这些实验用的器材，兴奋写在脸上。

大石凼村的阳光和那些有温度的日记

袁金华

其作始也简，其将毕也必巨。脱贫攻坚收官之年叠加突如其来的新冠肺炎疫情，给29所派驻马尔康白湾乡大凼村扶贫队员带来巨大挑战。

因为身体缘故，直到2020年3月12日我才终于回到马尔康白湾乡大石凼村，继续自己的脱贫攻坚驻村工作。

3月13日，星期五，晴

今天是我“复工”第一天，一早我便走村入户了解村民实际情况。我了解到大部分村民缺乏防护口罩，即刻与乡党政办公室联系，申请到317只口罩，马不停蹄地交付到村支部书记手上，又算为村民解决了一点燃眉之急。

3月14日，星期六，晴

今天带着市民政部门下发的保暖衣物走访五保户老人阿西婆婆。交谈中，阿西婆婆反映自己一直服用的止痛药吃完了，由于行动不便一时断药了。我当下问清并记好药名，下山到乡卫生院买好药，折返把药送到阿西婆婆手上。虽然上下山花了不少时间，但阿西婆婆接过药时眼神中那丝光芒，是对我工作莫大的肯定和鼓励。

3月21日，星期六，阴

今年是脱贫攻坚决胜之年，大石凼村虽然已整村“摘帽”，但为了巩固提升脱贫成果，提高村民个人与村集体经济收入，驻村工作队一边开展防疫工作，一边赶着春播时节积极引种良种土豆。昨日所里传来好消息，党委会审议通过了今年的扶贫工作计划，采购5800斤土豆种苗的资金有了保障。今早9点，全村所有干部、党员以及15户贫困户在村集体经济蔬菜大棚分组开展春播工作：粗挖组在前面将土地挖松；细挖组在其后对土地进行平整并挖出种子坑；最后是播种组进行播种和覆土。大家有说有笑地干着，看着大家脸上的笑容，我似乎看到了5个月后收获时的喜悦。

3月31日，星期二，晴

去年因河道堵塞，河水快速上涨，造成部分河道堡坎被冲毁，对村民生命财产安全形成严重威胁。为了确保今年安全渡汛，在和村干部商量后，我向所里争取了项目帮扶资金。专项帮扶资金到账后，村里开始比选施工单位，赶在山里汛期到来前完成长410米，平均宽度4.5米的达萨斯达沟河道清理以及部分堡坎维修加固工作。今天正式进场施工，上午乡政府工作例会一结束，我们驻村工作队便立即前往施工现场查看工程开展情况，确保安全施工的同时保证工程质量。

一年之计在于春。放眼四周，各类树木枝头的新叶映射着明艳的阳光，工程机械的轰鸣声透过满眼的青翠在耳边升腾。脱贫奔康的希望如这春日的艳阳一般，正洒满大石凼村。

第4章

电科扶贫·图说

中国电科专属定制海报！述说电科扶贫印记

杨晓艾

2020 年是脱贫攻坚决战决胜之年，中国电科按照“因地制宜、精准扶贫、造血为主、电科特色”的工作方针，“扶智、扶志、扶产业”三扶并举，探索出“综合党建 + 特色产业 + 志愿服务”三管齐下的扶贫工作模式，为叙永县、绥德县长效稳定脱贫提供了可持续的内生动力。

中国电科因地制宜，在叙永县策划实施“肉牛养殖”项目，打造了“集体经济平台 + 农户家庭散养”的专业化绿色养殖模式，注册“乌蒙好牛”品牌商标，开发“乌蒙好牛”冷鲜肉、“乌蒙好牛 · 张飞牛肉”等系列产品，开展直播带货消费扶贫活动，搭建起以集体经济为中心的产品平台（见图 4 – 1）。

图 4 – 1　打造“平台 + 散养”专业化肉牛养殖模式

中国电科结合绥德县气候特点，通过与西北农林科技大学杜仲研究所深度合作，并由其包销全部杜仲干叶，形成了订单式农业发展机制。同时，中国电科依托信息化优势，实施智慧农业项目，建设20个蔬果大棚，打造信息化现代农业基础设施（见图4－2）。

图4－2　发展杜仲订单式农业项目

中国电科积极探索“科技＋教育”扶贫模式，在陕西绥德和四川叙永分别援建“科技小屋”试点项目，组织中国工程院院士、中国电科首席科学家陆军赴“科技小屋”上科学课，开展“梦想1＋1”助学活动，每年组织陕西绥德、四川叙永、福建长汀三地贫困学生开展“点燃科技梦想”夏令营，以实际行动践行“扶贫先扶志、扶贫必扶智”理念（见图4－3）。

图4－3　“大爱电科”志愿系列行动

中国电科积极支持龙岩老区发展，按照“军民融合、优势互补、携手发展、合作共赢”的合作原则，与龙岩市开展了立体化、多维度的产业合作，取得了良好的政治、经济和社会效益（见图4-4）。

图4-4　积极支持革命老区发展

纪实：扶贫路上，他们是最美赶路人

（如图 4－5～4－15 所示）

图 4－5　中国电科派驻叙永县的扶贫干部力鑫带队深入白蜡苗族乡亮窗口村电科牛场进行实地走访，督察牛场运营情况

图 4－6　集团公司派驻叙永县扶贫干部力鑫、田煦、郭鑫分别带队前往白腊苗族乡各个村，对电科帮扶的危房改造项目进行走访查看

图 4-7　力鑫负责的小分队到达叙永县白腊乡莜田村
刘定贵家中查看 D 级危房改造情况并宣传相关政策

图 4-8　力鑫负责的小分队到达叙永县白腊乡莜田村
熊启富家中查看地灾搬迁情况并宣传电科帮扶助车危房改造政策

图 4-9　郭鑫带领的小分队来到白腊乡天堂村 1 社吴定才家抽查，
通过与整改前房屋对比，发现房屋危房改造效果良好

图 **4－10**　午时，郭鑫小分队来到回龙村吴兴明家里抽查。
房屋已从竹瓦房整改为砖混房，条件显著改善

图 **4－11**　郭鑫小分队来到回龙村黄德中家里抽查。
房屋已从竹瓦房整改为砖混房，外观崭新，条件显著改善

图 **4－12**　田煦负责的小分队前往叙永县白腊乡落木河村的路上，**2016** 年之前还是泥土路，在脱贫攻坚伟大事业的推进下，现在都是崭新的水泥公路

图4－13　田煦负责的小分队到达海拔1200米的落木河村杨忠银家中查看C级危房改造情况并宣传相关政策

图4－14　田煦负责的小分队到达叙永县白腊乡亮窗口村杨正伍家中，查看D级危房改造施工进度

图4－15　田煦同村干部一起前往叙永县江门镇高家村电科牛场草基地查看牧草生长情况